Alexander Schimmelbusch, geboren 1975 in Frankfurt am Main, wuchs in New York auf, studierte an der Georgetown University in Washington und arbeitete dann fünf Jahre lang als Investmentbanker in London. Sein Debüt »Blut im Wasser« gewann den Preis der Hotlist der unabhängigen Verlage. 2019 erhielt der Autor ein Stipendium der Villa Massimo. »Hochdeutschland« ist sein vierter Roman.

»Im besten und cleversten Sinn ist ›Hochdeutschland‹ so etwas wie eine deutsche Antwort auf Michel Houellebecqs (…) dystopisch-satirischen Roman ›Unterwerfung‹.«
Jens-Christian Rabe, Süddeutsche Zeitung

»Ein raues, schnelles, irres Buch von kristalliner Eleganz.«
Florian Illies, Die Zeit

»Nicht nur der Roman der Stunde. Wenn man zu Ende gelacht hat, kann man dann auch endlich anfangen, über die Zeit, in der wir leben, bitterlich zu weinen.«
Christian Schachinger, Der Standard

»Alexander Schimmelbusch wirft ein grelles Licht auf die seelische Verfassung der Nation.«
Katja Kullmann, taz

ALEXANDER SCHIMMELBUSCH

HOCHDEUTSCHLAND

ROMAN

Rowohlt
Taschenbuch Verlag

Veröffentlicht im Rowohlt Taschenbuch Verlag,
Hamburg, Oktober 2019
Copyright © 2018 by Alexander Schimmelbusch
Copyright © 2018 by J. G. Cotta'sche Buchhandlung
Nachfolger GmbH, gegr. 1659, Stuttgart
Umschlaggestaltung zero-media.net, München,
nach der Originalausgabe vom Klett-Cotta Verlag
Umschlagabbildung akg-images
(Caspar David Friedrich: Der Morgen)
Satz aus der DTL Dorian bei Dörlemann Satz, Lemförde
Druck und Bindung CPI books GmbH, Leck, Germany
ISBN 978 3 499 27643 9

Unser Anliegen ist es, eine Faktenbasis und einen Interpretationsrahmen für notwendige Diskussionen zu liefern. Dabei geht es uns nicht darum, ein fertiges Rezept oder ein bestimmtes Zielbild vorzugeben, sondern Optionsräume zu skizzieren.

McKinsey & Company

FRÜHJAHR 2017

EINS

Als Victor beschleunigte, erzeugten die Wirbelschleppen hinter seinem elektrischen Porsche ein schauriges Pfeifen. Die Geschwindigkeit, der Wald, der sich als Dach über der Straße schloss, die perfekte Passform seines orthopädischen Schalensitzes – oft fühlte er sich auf dem Weg zur Arbeit, als würde er sterben.

Dabei sah er sich von oben, seine graue Maschine wie ein U-Boot in einem tiefgrünen Meer, ein Schiff der Klasse 212A der ThyssenKrupp Marine Systems zum Beispiel, an der er gerade einen Anteil von 33 % bei der Staatsholding von Katar platziert hatte.

Natürlich war ihm der Porsche peinlich, aber Victor war eine flexible Persönlichkeit. Es handelte sich um einen Firmenwagen, einen Anachronismus im Grunde, auf dem er bei seinem letzten Bankwechsel aber aus Prinzip bestanden hatte – aus Prinzip im umgangssprachlichen Sinne, also nicht einer Überzeugung Folge leistend, sondern da er spontan Lust gehabt hatte, nach einem Porsche zu verlangen, und da in Anbetracht des großen Interesses der Birken

Bank an seiner Verpflichtung nur halbherzige Einwände zu erwarten gewesen waren.

Mal abgesehen davon, dass es sich bei seinem Shere Khan, so die Modellbezeichnung, wie bei jedem Porsche mittlerweile, um einen auf Porsche getrimmten Audi handelte, der im Kern wiederum nicht mehr als ein getunter Volkswagen war.

Als einer seiner Kunden, der Chef der Daimler AG, ihm vor kurzem bei einem Lunch die Zielsetzung anvertraut hatte, »Menschen davon träumen zu lassen, sich mit ihrem Auto ausdrücken und ihre Persönlichkeit darstellen zu können«, wäre ihm beinahe ein Bissen Branzino im Hals stecken geblieben. Denn etwas zu *wollen* mit seinem Auto, erschien Victor als armselig und deprimierend.

Natürlich hätte man ihm seine Wahl der elektrischen Variante als Resultat des Bedürfnisses auslegen können, einen uniformen Individualismus auszuleben – ein Risiko, das Victor durch den Wegfall der schauerlichen Motorsport-Assoziation, den das Fehlen eines brüllenden Triebwerks garantierte, allerdings mehr als aufgewogen sah. Der Shere Khan war in seinen Augen ganz einfach ein Standardprodukt seiner sozioökonomischen Gruppe, das außer seiner Zugehörigkeit zu dieser, die sich ohnehin kaum leugnen ließ, rein gar nichts über ihn aussagte.

Als er beim Fahren in den Wald hineinblickte, musste Victor an die Vergangenheit denken, nicht an seine eigene, sondern an die Vergangenheit im Allgemeinen: Die Stämme an der Fahrbahn verloren im Vorbeifliegen ihre Konturen, während tiefer im Wald stehende als beinahe stationär erschienen, als Angelpunkte, um die sich die Augenblicke der Gegenwart drehten. Es war nicht ungefährlich, hier die Augen von der Straße zu nehmen, in diesen Wäldern hatte es über die Jahre derart viele Unfälle gegeben, dass nun Schilder alle paar Kilometer eine vorsichtige Fahrweise anmahnten. Aber die Jugendlichen der Gegend besiegelten weiterhin ihre Schicksale, indem sie in ihren übermotorisierten Kleinwagen über Kurven hinausschossen, um in der ersten Reihe der kahlen Stämme hängenzubleiben.

Die Beeinträchtigten hausen im Taunus in den Gartengeschossen, in den Einliegerwohnungen. Die Toten liegen auf den idyllischen Friedhöfen begraben, auf denen Mahnmale auf die in Kriegen gefallenen Söhne der Dörfer verweisen und auf denen an Wochenenden Taunusmütter dabei zu beobachten sind, wie sie die Gräber ihrer Kinder gärtnerisch gestalten, in sportlichen Steppjacken, mit einem leichten Zittern in den Fingern.

Victor lebte in Falkenstein, in einem Haus aus Glas aus den 30er Jahren, das in der Nacht wie eine modernistische Lampe wirkte, die am Südhang des Altkönigs auf einem Felsen installiert worden war. Auch im Februar war man darin über dem Nebel. Vom IT-Support der Bank hatte er sich eine App der Apple-Tochter Cribz einrichten lassen, ein Kontrollpaneel für sein Zuhause, sodass er an jedem

Ort der Welt Herr über all dessen Systeme war, über die Filteranlage seines Schwimmbeckens wie auch über den Anlasser seines Notstromaggregates.

Wenn ihm in seinem Büro langweilig war, einem Fischtank in Frankfurt im 32. Stockwerk, aus dem der Blick nach Norden bis nach Falkenstein ging, wischte er auf seinem Touchscreen hin und her, um in der Ferne seine große Lampe an- und auszuschalten. Er spielte mit dem Gedanken, das Morsen zu erlernen.

Aus allen Zimmern des Hauses war im Tal die Frankfurter Skyline zu sehen, deren Bohrtürme ihre Meißel in eine Tiefenströmung trieben, in unerschöpfliche, da erfundene Reserven. Der Wohlstand schwappte aus der Stadt, sodass zwischen Frankfurt und Falkenstein die letzten Makel der Nicht-Premiumhaftigkeit verschwanden, die letzten Reste von Armut und Kleinbürgertum, nicht aus den Seelen der Menschen, aber aus dem gesellschaftlichen Gewebe, das man sich am ehesten als eine pastellfarbene Seide hätte vorstellen können.

Er dachte an seine Tochter an diesem Frühlingstag, an die kleine Victoria, die seit der Trennung Victors von ihrer Mutter Antonia jedes zweite Wochenende bei ihm verbrachte. Die beiden hatten begonnen, das Baumhaus einzurichten, das er ihr in seinem Garten hatte bauen lassen, und am Dienstag würde er sie von der Schule abholen und außerplanmäßig mit in den Taunus nehmen, so war es vereinbart, um das Projekt schnell voranzutreiben.

Victor liebte seine Tochter auf die geradezu besessene Weise, auf die Kinder aus den schwindenden bürgerlichen Milieus damals geliebt wurden, und so war sie immer in seinen Gedanken. Während er auf der A66 nun der Innenstadt entgegenraste, dachte er an den langen Aaah-Laut, den Victoria von sich gab, wenn er mit ihr im Shere Khan über Kopfsteinpflaster fuhr, wobei der Laut aufgrund der kurzen Federwege des Sportwagens dann lustig gerüttelt wurde. Er dachte an ihre letzte E-Mail, in der seine Erstklässlerin ihm einen Traum geschildert hatte: Sie sei in »Falschrumland« aufgewacht, wo Nein Ja heiße und Ja Nein, wo die Bösen lieb und die Lieben böse seien.

Wenn Victor sie zurechtwies, aufgrund ihres Widerwillens, sich an die wenigen Regeln zu halten, auf denen er bestand, lenkte Victoria immer scheinheilig ein, um nach effektvoller Pause mit hervorblitzender Zunge ein leises Furzgeräusch zu erzeugen – um eine individuelle Note allgemeinen Disrespekts zu setzen, der ihre Mutter, wie Victor vermutete, geradewegs in den Wahnsinn trieb.

Antonia und er waren vor allem deshalb ein Paar geworden, da Victor sie zum richtigen Zeitpunkt getroffen hatte. Er war in einem Zustand gewesen, in dem er eine Freundin gebraucht hatte, im Sinne einer mit ihm befreundeten Person, einfach irgendeine Form der Nähe, um sich gegen die Depression zur Wehr setzen zu können, die das Resultat seiner damaligen Phase destruktiver Arbeitsbelastung gewesen war – einer finsteren Wolkendecke der Grenzerfahrung, durch die er sich hatte kämpfen müssen, um in das strahlende Licht des Reichtums emporzuschweben.

Sie hatte auf ihn sofort attraktiv, da seltsam unbelastet gewirkt, als ob sie keinen Druck verspürt, als ob sie keine Probleme gehabt hätte. Und sie war interessiert an ihm gewesen, oder zumindest an der Persona, als die er aufgetreten war: Schon in seiner Kindheit hatte er damit begonnen, für die Interaktion mit jedem Gegenüber eine maßgeschneiderte Persona zu entwickeln, die diesem das zeigen sollte, was es erwartete, und das geben, was es wollte, während Victor sich hinter der resultierenden Benutzeroberfläche verborgen halten konnte.

Die beiden hatten sich in der Alten Oper kennengelernt, auf der Sommerparty einer Anwaltskanzlei, als er sich von ihrem Tablett für sich allein immer gleich zwei Gläser Wein genommen hatte. Er hatte sie einfach gefragt, ob sie mal mit ihm essen gehen wollte, und sie hatte gleich Ja gesagt.

Antonia sprach fließend Italienisch – ihr Vater hatte Karriere im Mittelbau der Lufthansa gemacht, sodass sie als Kind in Italien und Kenia gelebt hatte –, und beim Italiener hatte sie daher für die beiden nicht nur auf Italienisch bestellt, sondern mit dem Padrone auch noch das in Deutschland beim Italiener obligatorische Bellissima-Tartufo-Porcini-Va-Bene-Parlando getrieben, was Victor insgeheim als enervierend empfunden hatte. Aber sie hatte ihm auch schöne Geschichten aus Afrika erzählt, von einem Äffchen beispielsweise, das am Morgen immer vor ihrem Fenster gesungen hatte.

Nach der Dorade hatten die beiden sich schon ganz vertraut ein Tiramisu geteilt. Mit den langen Dessertgabeln hatten sie sogar einen neckischen Kampf um die Amarettodurchweichten Löffelbiskuits ausgetragen. Ihre Beziehung hatte acht Jahre lang gehalten, obwohl sie aus Victors Perspektive nicht auf Dauer angelegt gewesen war, was weniger mit Antonia und mehr damit zu tun gehabt hatte, dass eine Konstante in seinem Leben schon immer das Gefühl gewesen war, sich gerade in einer Übergangsphase zu befinden.

Momentan hatte Victor eine noch kaum definierte Affäre mit seiner Nachbarin Maia. Diese war dünn, ausgemergelt beinahe, mit einem asketischen Jil-Sander-Style und so einer Kunst-und-Kultur-Kurzhaarfrisur. Bei ihrem Anblick konnte man an eine schöne Dissidentin nach einem Monat im Hungerstreik denken. An Spitzhacken im Permafrost, an Uranabbau im Baikalgebirge. An den Holodomor in der Ukraine unter Stalin.

Die sowjetischen Assoziationen hatte Victor möglicherweise deshalb, da er Maia zum ersten Mal in Moskau gesehen hatte, auf seinem iPhone, während einer Besprechung. Sie war durch die Lücke in der Hecke in seinen Garten gekommen, wo sie die Bewegungsmelder und somit die Alert-Funktion seiner Cribz-App aktiviert hatte. Auf seinem Touchscreen hatte er sie dabei beobachten können, wie sie durch seine gläsernen Außenwände sein Interieur begutachtet hatte.

Sie hatte nur ein langes T-Shirt getragen, und Victor

hatte sich gefragt, was sie wohl darunter angehabt hatte – nichts? Einen String von La Perla? Einen weißen Baumwollslip wie seine Freundinnen in der Schule damals? Bevor er sich im Detail Maias Irokesen hatte ausmalen können, hatte er mehrfach seine große Lampe an- und ausgeschaltet, woraufhin sie panisch geflohen war und Victor manisch aufgelacht hatte – dies war in einem Meeting mit dem Strategiechef der Gazprom gewesen.

Von Beginn an hatte es zwischen ihnen die unausgesprochene Abmachung gegeben, einander nichts über die eigene Situation zu erzählen, sodass sie am Morgen, wenn Maia übernachtet hatte, da ihr Mann auf Reisen war, über das Zeitgeschehen sprachen, über das, was in der *Frankfurter Allgemeinen* zu lesen war. Maia zeigte eine Vorliebe dafür, mit der Politik zu beginnen, was Victor zupasskam, da er selber lieber über das Feuilleton einstieg – *fuck buddies*, eingespielt wie ein Ehepaar.

Wenn Victor ihren Ehemann sah, einen jungen Deutschbanker der alten Schule, musste er jedes Mal an die sorgfältigen Pitches denken, von Historikern kürzlich im Keller der Hauptfiliale Hannover entdeckt, mit denen sich die Deutsche Bank Anfang der 40er Jahre um die Finanzierung verschiedener Bauabschnitte des Vernichtungslagers Auschwitz beworben hatte. Aber Maias Gatte war harmlos, ein Sonderling, so sah es Victor, die Art Mann, der Wälder zur Jagd pachtet und sich in einer Art Förster-Outfit in seiner Freizeit darin auf die Lauer legt, um zur Erholung mit einem Präzisionsgewehr Pelztiere zu exekutieren. Der die Kadaver dann ausweidet, häutet, trocken reifen lässt und schließlich fein häckselt, um aus ihnen delikate dünne Wildbratwürste zu drehen.

Maia war zwölf Jahre jünger als er, und Victor war zu Beginn entsetzt darüber gewesen, was das in seinem Alter für einen Unterschied machte. Natürlich gab es den Mythos vom Mann, der immer attraktiver wurde, und tatsächlich ließen Victor seine grauen Strähnen stimmiger erscheinen. Andererseits war er 39, im Rentenalter für Investmentbanker, und wenn er sich nur für ein paar Wochen gehen ließ, also zu viel soff und zu wenig Zeit auf seinen Mountainbikes verbrachte, machte sich sofort das Verbrauchte an ihm bemerkbar, als Vorbote einer verfrühten Greisenhaftigkeit, möglicherweise als Spätfolge der schon erwähnten Phase der systematischen Überarbeitung, die in Victors Fall erst vor sechs oder sieben Jahren in den relativ entspannten Rhythmus einer kaum noch hinterfragbaren Weisungstätigkeit umgeschlagen war.

Maia hingegen war makellos, trotz Unterernährung, sie benutzte kein Make-up, sondern nur diese obszön teure Crème de la Mer, die im Zuge ihrer Herstellung angeblich mit »La Mer« beschallt wurde, dem Zyklus aus drei symphonischen Skizzen von Debussy, um ihre Moleküle optimal auszurichten und somit ihre Effektivität zu maximieren. Ein Tiegel der Crème kostete daher mehr als tausend Euro, obwohl es sich dabei, so Victors Verdacht, wie auch der Konsens unter den Kollegen, mit denen er über das Thema gesprochen hatte, in Wahrheit um Nivea handelte.

Und dann gab es noch Valezska, eine polnische Masseurin im Spa des Adlon, in dem er wohnte, wenn er beruflich in Berlin zu tun hatte. Er verbrachte dort ganze Nachmittage, er ließ sich im Spa zum Beispiel auch die Haare schneiden, da es dort eine Wäscherin gab, die sich einen gepflegten Achselflaum stehen ließ, sodass Victor während des Waschvorganges in eine flauschige Höhle hinaufblicken konnte. Dies verlieh ihm ein Gefühl der Geborgenheit. Er hatte auch die Wortwechsel mit der Wäscherin zu schätzen gelernt, einen meditativen Floskel-Verkehr à la:

»Ist die Temperatur angenehm so?«

»Ja, danke.«

»Sie haben schönes Haar, so voll und kräftig.«

»Ihre Haare sind auch schön.«

»Aber Sie sind verspannt, gehen Sie noch zur Massage später?«

»Ja, zu Valezska.«

Als Victor ein Jahr lang deren Kunde gewesen war, hatte Valezska ihn gefragt, ob sie ihm nicht auch »Handentspannung« verschaffen sollte, was für ihn eine Erleichterung bedeutet hatte. Denn für einen heterosexuellen Mann unter dem Alter von 70 Jahren ist es unmöglich, im Zuge des Einölens seines nackten Körpers durch eine attraktive Frau nicht schon zu Beginn von einer aufdringlichen Erektion gepeinigt zu werden – die Valezska mit ihrem freundlichen Angebot nun quasi legitimiert hatte: Victors Erektion auf ihrer Massageliege war fortan salonfähig, ja, für die vereinbarte Transaktion sogar notwendig gewesen.

Er war also offiziell Single, was ihn in der Gesellschaft einer Gegend, deren grüne Hänge fast ausschließlich von Paaren bevölkert waren, zur Anomalie machte. Dies war Victor ebenso klar wie gleichgültig, da er sicher nicht in die Natur gezogen war, um in dieser dann an zivilisatorischen Ritualen teilzunehmen. Er kam allerdings nicht umhin, gelegentlich analytische Beobachtungen zu machen.

Zum Beispiel jene, dass hier oben noch entschlossen geheiratet wurde: Nach dem Ja-Wort absolvierte jedes Paar eine 18-monatige Planungsphase, um dann tagelang seiner Übereinkunft zu Teamwork und Monogamie huldigen zu lassen, auf uralten Rieslingweingütern, mit hundert anderen Paaren als Publikum und ohne einen Gedanken daran, ob diese Form der Selbstfeier im Falle von Menschen, die ja nichts Besonderes waren, keine Personen des öffentlichen Lebens, keine Figuren der Zeitgeschichte, nicht anmaßend und auf beinahe tragische Weise lächerlich erscheinen musste.

In den resultierenden Ehen war eine Sollbruchstelle angelegt, die einerseits auf das weibliche Idealbild der finanziellen Unabhängigkeit und andererseits auf die beneidenswerte ökonomische Lage der Partner zurückzuführen war. Diese wiederum war Resultat eines grundlegenden Paradigmenwechsels im Frankfurter Wohlstandsgefüge, der sich in den Jahren um die Jahrtausendwende vollzogen hatte.

Die beherzte Deregulierung der deutschen Kapitalmärkte, die Victor neben der Inkompetenz auch einer kindlichen Lust der politisch Verantwortlichen geschuldet sah, die Talare der sozialen Marktwirtschaft zu lüften, hatte in der Stadt eine neue Klasse von Angestellten geschaffen, die ungefähr ab ihrem 30. Lebensjahr über eine Million Euro im Jahr bezogen. In Victors Fall kam noch eine jährliche Ausschüttung hinzu, die sich, da er einer von nur drei Partnern der Birken Bank war, im letzten, eher durchschnittlichen Geschäftsjahr auf etwa neun Millionen Euro summiert hatte.

Was ihn dennoch verband mit seiner beruflichen Kohorte, war das Gefühl, mit Leichtigkeit zu Reichtum gelangt zu sein, mit einem absurden Übermaß an Arbeit zwar, aber abgesehen davon wie von ganz allein, sodass ihnen das viele Geld als irreal erschien, was ihrem Wirken im Dienste von Investmentbanken wiederum zuträglich war.

Parallel zu dieser Entwicklung hatten Frauen in ihrem Kampf um totale Gleichberechtigung Schlacht um Schlacht gewonnen und dadurch ein gesellschaftliches Klima geschaffen, in dem sie nicht ernst genommen wurden, wenn sie nicht beruflich erfolgreich waren. Es war kaum noch ein intelligenter Mann vorstellbar, der Lust auf eine *Hausfrau* hatte – von Rollenspielen mit Schürze und Nudelholz einmal abgesehen. Wer sich tatsächlich nach derart antiquierten Strukturen sehnte, würde Victors Einschätzung nach nicht in der Lage sein, auf unorthodoxvisionäre Weise auf die Herausforderungen eines sich rapide und radikal transformierenden globalen Wettbewerbsumfeldes zu reagieren.

Und so entstanden Fliehkräfte in diesen Ehen, die als Allianzen autonomer Einheiten angelegt waren, da die Abwesenheit aller Erwerbszwänge die Ehefrauen mit der Versuchung konfrontierte, ihre Männerberufe aufzugeben, um fortan ihren Interessen nachzugehen. Um sich zu emanzipieren vom gesellschaftlichen Zwang, eine Führungsfunktion im Risikomanagement oder im Devisencontrolling auszuüben.

Um endlich etwas *Kreatives* zu machen – ein Bedürfnis, das Victors Einschätzung zufolge im Hochtaunuskreis in den kommenden Jahren zu einem Boom im Bau und der Vermarktung hochwertiger, aber kompakter Bungalows führen würde, klassischer Erstfrauen-Bungalows in bewaldeten B-Lagen, deren Bewohnerinnen im Heilklima gegen das seelenlose Surren ihrer Töpferscheiben würden antrinken können.

Im Büro vertiefte sich Victor in die *Süddeutsche Zeitung*, um sich in einen Zustand der Konzentration zu manövrieren. Es war früh am Nachmittag, Maia hatte bei ihm übernachtet, sodass der Morgen sich bis in den Vormittag erstreckt hatte. Auf der Titelseite ging es um eine Studie der Wohltätigkeitsorganisation Oxfam, die zum Ergebnis gekommen war, dass die acht reichsten Menschen der Welt ein höheres Vermögen als die gesamte ärmere Hälfte der Erdenbevölkerung akkumuliert hatten.

Auch in Deutschland, wo sich der Megatrend Ungleichheit vor allem in einer immer rigideren sozialen Undurchlässigkeit manifestierte, waren einer Umfrage des Blattes zufolge über 80 % der Befragten mit der Darstellung einverstanden, dass die Gesellschaft sich auf einen Zustand der »ökonomischen Apartheid« zubewegte.

Victor konnte nicht nachvollziehen, dass es diesbezüglich noch zu keiner radikalen Korrektur gekommen war. Natürlich, im vergangenen Jahrzehnt hatte sich das ganze politische Koordinatensystem nach links verschoben. Aber fundamentale Maßnahmen, etwa die Neuordnung der Eigentumsverhältnisse, waren entgegen seiner Erwartung bisher nicht Teil der Debatte gewesen. Woran mochte das liegen? Wo waren die roten Fahnen, wo waren die Mistgabeln? Warum ölte niemand eine Guillotine?

Auch war ihm nicht klar, warum diese Entwicklung eine solche Ablehnung in ihm hervorrief, denn er zählte zu ihren Profiteuren. Dass er es nicht ertragen konnte, wenn seine Prognosen nicht eintrafen, konnte dabei ja nicht die zentrale Rolle spielen. Seit Mitte der Nullerjahre, seit er begonnen hatte, viel Geld zu verdienen, hatte Victor immer wieder ökonometrische Modelle konstruiert, um zu einer belastbaren Einschätzung davon zu kommen, wie lange das gut gehen würde; wann das ewige Pendel von der Vermögenskonzentration wieder in Richtung der Kollektivierung sausen würde.

Er sah auf die Stadt hinab, in der er aufgewachsen war und die wie immer keinen Eindruck außer dem von Sauberkeit hinterließ. Seine Heimatstadt war zu einer Schmerzensgeld-Shoppingmall degeneriert, einem Trostpflaster dafür, sein Dasein der Mitwirkung an der Organisation und Abwicklung einer fortwährenden finanziellen Umschichtung widmen zu müssen.

Frankfurt war eine Stadt des Bürgertums gewesen, der Journalisten, Verleger, Ärzte, Kaufleute, Politiker, Anwälte, Piloten und Professoren, deren Einkommen in einem nachvollziehbaren Verhältnis zueinander gestanden hatten, wie auch zu jenen der Blaumannträger und, nahm Victor an, zu den Transferbezügen der Ausgestiegenen, die an Vormittagen in zerknitterten Anzügen vor den Trinkhallen an der frischen Luft gestanden hatten, die *Rundschau* vor sich, eine schöne Flasche Römer Pils in der Hand. Das Bürgertum hatte als Ensemble in den Wirtschaften gesessen, im Gemalten, im Operncafé, beim Claudio oder beim ersten Japaner der Stadt, in einem Gewölbekeller in der Nähe des Goethe-Hauses. An dessen Eingang hatte man die Schuhe aus- und Papierschlappen angezogen, die mit der Silhouette des Fuji bedruckt gewesen waren.

Victor konnte sich noch an das Vergnügen seiner Mutter erinnern, als sein Vater einmal spät nach Hause gekommen war und sich mit verwehtem Scheitel bemüht hatte, seiner Frau für die Teilnahme an einem wohl anlasslosen Sake-Gelage an einem Wochentag ein legitim klingendes Alibi aufzutischen – ein langes Konferenztelefonat, ein paar Gläser Sancerre dabei, Probleme mit der Handelstochter in Chicago, etwas in dieser Art. Dummerweise hatte er aber, ohne dies zu merken, die Glaubwürdigkeit seiner Erzählung durch das Tragen von papiernen Fuji-Schlappen untergraben.

Für Victor als Teenager war Frankfurt ein Abenteuerspielplatz gewesen, eine ungefährliche Stadt mit einem völlig enthemmten Nachtleben. Er hatte viel Zeit im Omen verbracht, wo die Hälfte der Gäste grundsätzlich vor den Waschräumen Schlange gestanden hatte, und im Maxim im Bahnhofsviertel, wo eine ausrangierte Dirne morgens um sechs immer mit einer Platte ekelerregender Brötchen die Runde gemacht hatte, die mit einer grau-violett changierenden Leichenwurst belegt gewesen waren.

Das Schlimmste, was einem hatte passieren können damals, war ein Tritt ins Gesicht durch den No-Name-Turnschuh eines halbstarken Kickboxers gewesen, eines Türken oder Marokkaners. Dieser hatte es in der Regel auf eine Chevignon-Jacke abgesehen, eine der mit Fellbesatz veredelten Bomberjacken, die unter Frankfurter Bürgerkindern damals der Standard gewesen waren und die sich der Nachwuchs-Kriminelle niemals hätte leisten können.

»Ey Alter, krasse Jacke«, hatte man also gehört, auf dem Heimweg, im Morgengrauen. »Isch will mal anprobieren.«

»Nee, lass mal gut sein.«

»Ey Alter, bleib stehen, isch will nur anprobieren!«

»Nee, jetzt lass mich mal.«

»Was?«

»Wie bitte?«

»Was hast du gesagt?«

»Was?«

»Du hast meine Mutter gefickt?«
»*Wie bitte?*«
Dann verlor man eben eine seiner Jacken oder einen seiner Zähne, hatte wegen der Betäubungsmittel aber keine Beschwerden.

Frankfurt war eine Stadt des Widerstandes gewesen, der Sympathisanten, Säufer, Junkies, Hausbesetzer, Stricher, Bombenleger, Schriftsteller, Punks und Jazzkneipengänger, die Befehlsempfängern gewichen waren, lebensängstlichen Untertanen, deren Vorgabe es war, die Wirklichkeit in Zahlen zu übersetzen, um sich mit der daraus resultierenden Finanzkraft von sich selbst ablenken zu können. Um es sich schön zu machen. Der gute Wein. Die Patek Philippe. Das schwere Teakholzmobiliar auf der Dachterrasse. Dior-Duftkerzen. Die Malediven.

Die Birken Bank, die auf M&A spezialisiert war, Mergers & Acquisitions, also Fusionen und Übernahmen, residierte auf den obersten Stockwerken des sogenannten Silberturmes, der jahrzehntelang der Dresdner Bank als Zentrale gedient hatte, bis diese ihren fehlgeleiteten M&A-Strategien zum Opfer gefallen war. Aus seinem schalldichten Glaskasten blickte Victor auf eine offene Etage, deren Layout ihn an ein Straflager erinnerte, als seien die zu versetzten Clustern arrangierten Schreibtische flache Betonbauten oder provisorische Holzbaracken.

Bei seinem Eintritt in die Bank hatte Victor den Entschluss gefasst, keine Empathie für seine Untergebenen zu entwickeln, die als Studenten dem vermessenen Irrtum aufgesessen waren, als Investmentbanker eine gesunde sogenannte Work-Life-Balance erwarten zu können. Einen Arbeitgeber, der ernst nehme, dass der Sinn der Arbeit das Leben sei. Dass Leistung immer mit Erholung und Ausgleich Hand in Hand gehe.

Seit einigen Jahren war in Vorstellungsgesprächen von der Spiritualität die Rede, vom Schwäche-Zeigen, vom Loslassen-Können, was Victor und seine Partner mit verbindlichen Mienen überhörten, bevor sie die Kandidaten ins Surf & Turf ausführten, wo es ein Côte de Boeuf für zwei für 186 Euro gab, ohne Beilagen. Denn beim Recruiting zeigte man den Kandidaten eine Sphäre der Harmonie und der Verfeinerung, von umsichtigen Anführern gesteuert, die man sich auch super als einfühlsame Mentoren vorstellen konnte.

Nach ihrer Unterschrift zeigte man den Rekruten das Straflager. Dies führte in der Regel zu einem Schockzustand, aber nur selten zu einer Kündigung, da die jungen Hoffnungsträger mit ihren makellosen Lebensläufen auf privaten Wirtschaftsakademien dazu konditioniert worden waren, um jeden Preis eine frühe Niederlage zu vermeiden. Es war für sie nicht diskutabel, als Versager dazustehen. Hinzu kam das Vorbild ihrer ein oder zwei Jahre älteren neuen Kollegen, die eine Art Versehrtheit in Würde ausstrahlten, einen von Illusionen befreiten Stoizismus, den viele der Neuzugänge dankbar als vorgefertigtes Lebensgefühl übernahmen. Etwaige Restwiderstände wurden von der Birken Bank identifiziert, analysiert und durch individuell maßgeschneiderte monetäre Anreize neutralisiert – für die Begünstigten oft eine demütigende Erfahrung.

Finanziell wäre ohne weiteres möglich gewesen, die Zahl der Häftlinge zu erhöhen, um ihr Arbeitspensum zu senken, aber Victor war dagegen. Ihm war an einer klaren Rollenverteilung gelegen, und die Rolle des Investmentbankers in den ersten Berufsjahren war es nun mal, und war es seit Erfindung der Branche immer gewesen, sich mit den Grenzen seiner physischen Kapazitäten vertraut zu machen. Der Lebensrhythmus des jungen Investmentbankers war der sogenannte magische Kreisverkehr: Er fuhr bei Sonnenaufgang mit dem Taxi nach Hause, ließ es warten, während er duschte, um sich dann wieder in die Bank fahren zu lassen.

Victor sah keine Notwendigkeit, hier eine Abkehr vom überlieferten Protokoll zu vollziehen. Er hatte immer nur für Investmentbanken gearbeitet und nun, da er seine eigene Investmentbank hatte, wollte er eine nach klassischem Schema. Er war nicht pervers, es machte ihm keine Freude, seine Mitarbeiter zu schinden. Aber er hatte auch kein Interesse daran, sich diesbezüglich kontrovers zu positionieren. Es gab Dinge, die konnte man tun oder lassen, so sah es Victor, aber an denen konnte man nicht nach Belieben herummodifizieren.

Die klare Rollenverteilung erlaubte ihm zudem eine effiziente Kommunikation und Führung, ohne den Unterhalt einer Vielzahl zwischenmenschlicher Beziehungen notwendig zu machen. Die Pflege der persönlichen Ebene mit seinen Partnern Julia und Baldur raubte Victor ohnehin schon einen Teil seiner Kraft. Julia saß in ihrem Glaskasten an der Südflanke der Etage, und während Victor sie nun beim Telefonieren beobachtete, sah er hinter ihr einen der Bussarde hinabstürzen, die auf dem Dach des Silberturmes nisteten.

Er kannte Julia seit 16 Jahren. Sie war zweimal seine direkte Vorgesetzte gewesen, erst bei Credit Suisse First Boston und dann bei UBS Warburg, den angelsächsischen Investmentbanking-Töchtern zweier Schweizer Großbanken, denen es nach ihren Akquisitionen dieser wie einem Bergsee ergangen war, in dem man eine invasive Spezies von paarungsfreudigen Raubfischen ausgesetzt hatte.

So verband die beiden ein gewachsenes Vertrauen ineinander, was im Investmentbanking eher selten war. Ein einziges Mal hatten sie sogar miteinander geschlafen, in einer Nacht im Winter im Dampfbad im Wellnessbereich des Credit Suisse Tower in den damals noch desolaten Londoner Docklands, über den Eisschollen auf den schwarzen Fluten der Themse, was aber nicht zählte, da sie beide zu dem Zeitpunkt fünf Tage lang wach und der Vorfall daher möglicherweise eine telepathische Halluzination gewesen war.

Als Julia bemerkte, dass er in ihre Richtung blickte, lächelte sie einladend. Victor entschloss sich, die Geste zu ignorieren. Aus der Entfernung konnte sie seine Augen nicht sehen, sodass sie nicht sicher sein konnte, ob sein Blick auf sie gerichtet gewesen war. Außerdem dachte sie, dass er kurzsichtig wurde, sich aber noch keine Brille hatte machen lassen – eine Lüge, die er ihr erzählt hatte, um zu einem gemeinsamen Termin in Frankreich nicht den gemieteten Diesel-Citroën steuern zu müssen. Um auf dem Beifahrersitz stattdessen ein Schläfchen halten zu können.

Bei der Birken Bank war Victor für *coverage* zuständig, Baldur für *execution* und Julia für *operations*, was bedeutete: Victor schaffte die Mandate heran, Baldur führte die Transaktionen durch und Julia dirigierte das Zusammenspiel der dazu notwendigen Ressourcen – sie hatte die Bank am Reißbrett entworfen und Freude daran, ihren eleganten Apparat immer weiter zu optimieren.

Victor war zuletzt Head of German Investment Banking bei der UBS gewesen, mit einem Angebot zum Wechsel zu Morgan Stanley und dem geheimen Vorhaben, sich mit 40 Jahren zur Ruhe zu setzen. Er hatte 102 Wohnungen in Berlin erworben, in Gründerzeithäusern am Luisenstädtischen Friedhof, mit einem Blick über Mausoleen auf die Hangarbauten des Flughafens Tempelhof in naher Ferne.

Eine der Wohnungen hatte er sich als Versteck reserviert, als Teil einer alternativen Realität, in der er auf dem Boden auf einer Matratze schlief und sich mit seinem Studienfreund Ali Osman im Bierhaus Urban traf, um Unsinn zu reden und sich in aller Ruhe mit Engelhardt und Jägermeister zu betrinken. Er hatte sich auf dieser parallelen Ebene sogar schon eine letzte Ruhestätte gesichert, vis-à-vis dem Ehrengrabe von Reichskanzler Stresemann.

Einen weiteren Vermögenssprung hatte Victor demnach nicht zwingend nötig gehabt, sodass Julia ihn nur mit Mühe davon hatte überzeugen können, zu glänzenden Konditionen nicht nur Partner und Gesellschafter, sondern auch der »intellektuelle Motor« der Birken Bank zu werden.

Baldur hingegen hatte lange bei Goldman Sachs gearbeitet, sodass er nach außen hin Arroganz und intern soldatische Loyalität ausstrahlte. Er hatte Victor konsequent als Orientierungspunkt verinnerlicht, sodass zwischen den beiden eine reibungslose Zusammenarbeit möglich war. In Baldurs Augen war Victors Part der Kundenakquise und -hypnose der genialisch-kreative, und solange Victor die Bank weiterhin mit so vielen Aufträgen flutete, dass die Kapazitätsnadeln der *execution teams* in den roten Bereich hineinflimmerten, solange Victor also diese erfreulich hohen Ausschüttungen garantierte, war Baldur dazu bereit, sich ihm klaglos unterzuordnen – etwaige eigene Herrschaftsfantasien konnte er ja nach Belieben anhand seiner Bataillone aus Rechensklaven durchexerzieren.

Für den folgenden Mittwoch war ein vierteljährliches Partners' Meeting angesetzt, in dem Victor seinen Kollegen die strategische Pitch-Offensive präsentieren würde, mit der er plante, den *deal flow* der Bank vor dem Hintergrund rückläufiger M&A-Volumina nachhaltig zu stabilisieren. Was aber ohne Zweifel ebenfalls zur Sprache kommen würde, war Julias Unzufriedenheit mit seiner Verweigerung jeder Mitwirkung an administrativen Belangen, über die sie sich schon mehrfach in Rage geredet hatte. Das mit dem Recruiting hatte er eingesehen, das konnte er gut, da brachte er sich jetzt ein. Aber damit sah Victor seine Schuldigkeit als getan. Warum sollte er sich involvieren? Musste Julia wirklich »immer alles« machen, wie sie lamentierte? Wozu beschäftigten sie dann einen ausgelagerten Schwarm an anonymen Backoffice-Arbeitsbienen?

Tatsache war: Das Administrative fiel direkt in Julias Zuständigkeitsbereich. Wenn fortan sie die Mandate einholen wollte: bitte. Dann hätte er auch Kapazitäten, um sich in die Feinjustierung der neuen Reisekostendirektive zu vertiefen. Victor hatte die Vermutung, dass ihr Problem mit ihm im Kern von etwas anderem, etwas Emotionalem lebte. Obwohl sie ihm stets mit einem Lächeln begegnete, hatte er den Verdacht, dass Julia im Grunde immer, also ununterbrochen, sauer auf ihn war.

Auf Victors Schreibtisch lag seit Tagen ein Stapel gebundener Dokumente, in denen alle für seinen Pitch am Montag im Berliner Finanzministerium relevanten Informationen enthalten waren: Analysen aller Akteure inklusive psychologischer Profile, Dossiers zu Konflikten und Kompetenzrangeleien, juristische Machbarkeitsstudien, Daten zur momentan erbaulichen Kassenlage des deutschen Staates sowie zu Rentabilität und Auslastung der riesigen Pumpspeicherkraftwerke in Baden-Württemberg, die im Zentrum seiner strategischen Überlegungen standen.

Natürlich schrieben Partner keine Pitches, das erledigten kleine Teams aus Galeerensklaven nach monologischer Anweisung in 48-Stunden-Schichten, aber dieser spezifische war ein potentiell transformativer für die Birken Bank, wie auch für die Bundesrepublik, sodass Victor die Notwendigkeit sah, hier persönlich eine gewisse Perfektion zu garantieren. Zudem pflegte er seine Eigenheiten in dieser Hinsicht, da er den schnellen Aufstieg zu Beginn seiner Laufbahn vor allem dem Schreiben zu verdanken gehabt hatte.

Schon in seinem ersten Jahr bei Credit Suisse in London war es mehrfach vorgekommen, dass ein Managing Director auf das Galeerendeck getreten war, um dem Autor der fulminanten Präsentation, mit der er einen Kunden gerade regelrecht weggeblasen hatte, einen dessen furioser Performance angemessenen Bonus in Aussicht zu stellen. Der Vice Chairman der Bank, ein schnöseliger Brite, hatte in einer Rundmail sogar einmal die Frage gestellt, warum das schönste Englisch in der Global M&A Group ausgerechnet aus der Tastatur eines Deutschen hervorgehe.

Die Inspiration zu seinem aktuellen Pitch war Victor beim Verspeisen einer Maultasche gekommen. Am Rande des Hotzenwaldes, im Schatten des Feldberges, am Ufer des Schluchsees, bei dem es sich nicht um einen herkömmlichen See, sondern um das Staubecken eines Pumpspeicherkraftwerkes handelte, das über gewaltige Druckstollen mit dem 600 Meter tiefer fließenden Rhein verbunden war.

In Phasen geringer Stromnachfrage, also in der Nacht oder am Wochenende, verwendet die Anlage überschüssige und daher billige Energie, etwa den Output konstant unter Volllast laufender Atom- oder Kohlekraftwerke, um Wasser aus dem Rhein durch die Stollen in den Schluchsee hinaufzupumpen und dort zu speichern. In Phasen starker Nachfrage lässt die Anlage das Wasser dann durch andere Stollen auf Turbinen hinabströmen, die Generatoren antreiben, die Strom erzeugen, der zu hohen Preisen in das Netz eingespeist wird, um die Spitzenlast zu decken und der Industrie in Deutschland Versorgungssicherheit zu garantieren.

Die Bissen der Maultasche hatte Victor mit Schlucken der örtlichen Scheurebe hinuntergespült, auf der Terrasse einer Wirtschaft unweit des Jagdhofes des Vorstandes der Energie Baden-Württemberg, in dem er zuvor einen Pitch des klassischen Genres »Strategische Optionen« gehalten hatte. Dessen Funktion ist es, die kindlichen Eroberungsfantasien, die durch die Wachträume von Unternehmenslenkern geistern, wie Schemen goldener Fische unter gefrorenen Oberflächen, zu erspüren, einer Analyse zu unterziehen und ihren Urhebern dann als strategisch sinnvoll zu präsentieren.

Im Normalfall handelt es sich bei Pitches des Genres demnach um eher fröhliche Dokumente, die den Vorstandsvorsitzenden mit ausgefeilten Einsatzplänen für unprovozierte Attacken gegen Wettbewerber auf dumme Gedanken bringen sollen. Da die Energie Baden-Württemberg seit dem spontanen Entschluss der Kanzlerin zum Atomausstieg jedoch in einer Abwärtsspirale rotierte, hatte Victor die strategischen Optionen des drittgrößten deutschen Energieversorgers auf diverse Modi der Zerschlagung oder der radikalen Verkleinerung reduziert gesehen.

Der Nachmittag am Ufer des Staubeckens hatte Victor die Einsicht um die Ähnlichkeit der Funktionsweise dieser Anlagen mit jener der M&A-Branche zugetragen, die ihre heutige Gestalt im Laufe der 80er Jahre angenommen hatte. Der Unterschied war im Grunde nur, dass Victor und seine Artgenossen nicht erst beim Leeren, sondern schon beim Anfüllen des Beckens Kasse machten.

Dies hatte sich folgendermaßen ergeben: In den 80er Jahren hatte der Glaube an das Konglomerat geherrscht, sodass Konzerne aus Gründen der Risikostreuung auf einer Vielzahl von disparaten Geschäftsfeldern tätig gewesen waren. Die aufstrebenden M&A-Sparten der Investmentbanken hatten diese Entwicklung befeuert und ihre Kunden zu einer immer größeren Anzahl an Übernahmen animiert, bis die Konzerne zu überfrachteten und kaum noch steuerbaren Gemischtwarenläden geworden waren – bis das Staubecken demnach bis zum Rande mit potentiellen Veräußerungserlösen gefüllt gewesen war.

Um die Druckstollen zu öffnen, hatten Investmentbanken dann die neue Glaubenslehre vom »Fokus auf das Kerngeschäft« erfunden. Nur die Besinnung auf das Wesentliche, die Konzentration auf das stärkste Geschäftsfeld, so deren zentrale These, erlaube es Unternehmen, auf diesem auch im globalen Kontext die kritische Masse zu erreichen und somit längerfristig überlebensfähig zu sein. Die Voraussetzung für einen hohen Börsenwert war fortan daher gewesen, alle anderen Geschäftsfelder abzustoßen und mit dem Erlös dieser Transaktionen Zukäufe zu tätigen, von M&A-Beratern bei jedem Schritt honorarpflichtig begleitet, um auf dem erklärten Kerngeschäftsfeld rapides Wachstum zu forcieren.

Nun war der Zyklus an seinem Ende angekommen, und da der M&A-Bereich im internen Relevanzgefüge großer Investmentbanken gegenüber den Bereichen Finanzprodukte und Handel ins Hintertreffen geraten war, hatte ihm die kollektive Energie gefehlt, um abermals eine Glaubenslehre zu erfinden und durchzusetzen. Wie generell in westlichen Gesellschaften herrschte auch auf dem M&A-Markt eine Art postideologische Leere. Anders als für Gesellschaften war dies für Investmentbanken allerdings kein philosophisches Problem, da sich für deren bisherige Glaubenslehren, deren Thesen nicht bewiesen werden konnten, exakt gleichermaßen überzeugend argumentieren ließ, sodass alle auf diese zurückgehenden Vorgänge fundamental sinnlos gewesen waren.

Das Problem war ein konkretes: Ebenso wie Pumpspeicher in Kombination mit nicht regelbaren Energiequellen – dem Wind oder der Sonne etwa – eine gleichmäßigere Auslastung der Stromnetze garantieren, hatte die Abfolge der

Glaubenslehren einen stabilisierenden Effekt auf den Flow von M&A-Honoraren gehabt, deren Höhe und Frequenz ansonsten von diversen Faktoren abhängen, die sich außerhalb der unmittelbaren Kontrollsphäre der M&A-Branche befinden.

Sicher würde ab und zu noch ein weißer Wal vorbeischwimmen, sicher würde es M&A-Bankern gelegentlich noch gelingen, Vorstände großer Konzerne zu Angriffen auf die Konkurrenz anzustiften, doch Schwärme aus Bücklingen, die ihnen automatisch in ihre Schleppnetze schwimmen, also einen berechenbaren Fluss aus willkürlichen Veränderungen industrieller Eigentumsverhältnisse, so Victors Analyse, das würde es nicht mehr geben.

Die Flasche der Scheurebe war zur Neige gegangen, auch der Pegel des Schluchsees war dabei gesunken, möglicherweise, da beim Daimler nach der Mittagspause wieder die Bänder angeworfen worden waren. Die Kreuze der Kirchtürme der beim Anstauen des Beckens versunkenen Dörfer waren zum Vorschein gekommen. Auf der Terrasse am Ufer hatte in Victors Kopf die Idee einer strategischen Pitch-Offensive Form angenommen, die er in seinem Büro nun, nachdem er die *Süddeutsche* beiseite- und die Füße auf seinen Barwagen hochgelegt hatte, noch einmal Revue passieren ließ.

Die Zielsetzung musste also sein, den Zyklus wieder in Gang zu bringen. Sich ohne strukturelle Wettbewerbsvorteile einfach dem gegebenen Umfeld zu stellen, erschien

Victor als unattraktiv. Es würde darum gehen müssen, einen neuen Pumpspeicher zum Anfüllen zu finden – idealerweise einen spezialisierten kleineren, über den die Birken Bank aber ein größeres Maß an Kontrolle würde ausüben können.

An diesem Punkt war der Gedanke hilfreich, dass kein Mensch nachvollziehen konnte, weshalb sich deutsche Pumpspeicherkraftwerke, also sicherheitsrelevante Infrastrukturanlagen, in den spekulativen Portfolios irrlichternder Texaner befanden. Gut, da Victor die Energie Baden-Württemberg im vergangenen Jahr bei der Veräußerung des Schluchseewerkes an die Cojones Capital aus Dallas beraten hatte. Aber es war ja nicht so, dass dies als zweckdienlich erschien.

Wenn man sich mal einen Standpunkt erlaubte, sollte sich eine solche Anlage, wenn sie in Deutschland arbeitete und somit der deutschen Bevölkerung zu dienen hatte, auch im Besitz der Bundesrepublik befinden. Vor allem in Anbetracht der Tatsache, dass die Energiewende die volkswirtschaftliche Relevanz der Pumpspeicher stetig erhöhte, während sie gleichzeitig deren betriebswirtschaftliche Tragfähigkeit dahinschmelzen ließ.

Dies lag daran, dass die Abschaltung der Atomkraftwerke, denen der hohe nächtliche Überschuss zu verdanken gewesen war, und das steigende Volumen der subventionierten Sonnenenergie am Tage die Fluktuationen in den Strompreisen nivellierten, deren Spanne wiederum Basis der Marge der Pumpspeicher gewesen war. Bei objektiver

Betrachtung lag hier eine geradezu klassische Situation vor, so Victors Analyse, in der die ausgleichende Hand des Staates gefordert war.

Es würde darum gehen, die halluzinogene Kraft aufzubringen, um sich ein Staubecken auf dem Dach des Bundesfinanzministeriums vorstellen zu können. Platz war dort genug, da Göring den Bau als Reichsluftfahrtministerium in Auftrag gegeben hatte, mit der Vorgabe, auf dessen Dach seine Junkers G38 starten und landen zu können.

Natürlich konnte Victor schon das übliche FDP-Gelaber hören, dem zufolge Verstaatlichungen geradewegs in den Gulag führten, die larmoyante Klage über die staatsgläubige Dekadenz einer Vollkasko-Gesellschaft, deren soziale Wärme jeden Impuls zum hedonistischen Individualismus narkotisiere. Als intelligentem Menschen fiel es ihm jedoch schwer, aus einem Mindestmaß an demokratischer Kontrolle über die Volkswirtschaft die Diagnose abzuleiten, dass der Ehrgeiz des Unternehmers drohte, vom Schlendrian einer neidzerfressenen Bürokratie erstickt zu werden, was zwangsläufig zu einer DDR light führen würde.

Ließ ein derartiges Misstrauen in das Gemeinwesen nicht eine undemokratische, ja, asoziale Gesinnung erahnen? Wenn man den liberalen Traum von der Erlösung des Einzelnen durch die Schwächung des Staates tatsächlich ernst nähme, so sah es Victor, müsste man konsequenterweise zum Beispiel auch für die Privatisierung aller deutschen Haftanstalten agitieren, für eine freie Auktion, in der sich dann ein chinesischer Staatsfonds durchsetzen würde, nicht nur aufgrund dessen grenzenloser Finanzkraft, sondern vor allem aufgrund der operativen Expertise der chinesischen Regierung im Betrieb von Internierungs-, Umerziehungs-, Gefangenen-, Sammel-, Straf-, Todes-, Organernte- und Vernichtungslagern.

Anstatt also das Lamento von Deutschland als marodem Umverteilungs-Streichelzoo anzustimmen, würde es darum gehen müssen, die Bundesrepublik, deren Steuereinnahmen immer noch sprudelten, als Unternehmerin zu positionieren, in einer ganzen Reihe von Sektoren, vor allem aber in der Strombranche, in Anbetracht der paradigmatischen Verwerfungen infolge der Energiewende, um die Neuordnung der Infrastruktur des weltführenden Industriestandortes Deutschland nicht dem ungeordneten Konflikt finanzieller Einzelinteressen zu überlassen.

In Victors Pitch am Montag würde es allerdings nur um einen ersten Schritt in diese Richtung gehen, nämlich darum, eine risikolose Teaser-Transaktion durchzuführen, um mit dieser Signalwirkung zu entfalten. Den Minister davon zu überzeugen, einen politischen Präzedenzfall zu schaffen, mit dem er sich nicht nur als im Sinne der Sicherheit und des Wohlstandes der deutschen Bürger handelnd würde profilieren, sondern auch dem zuständigen Bundeswirtschaftsministerium die Federführung bei der Energiewende würde aus der Hand nehmen können.

Hierzu empfahl sich natürlich die Verstaatlichung der Pumpspeicher aus dem Portfolio der bereits erwähnten

Cojones, zumal diese offenbar in eine Schieflage geraten waren: Erst vor kurzem hatte deren 26-jähriger Seniorpartner in einer Mail an Victor sein Interesse daran bekräftigt, das in Gestalt der Anlagen im Hotzenwalde gebundene Kapital des Fonds so schnell wie möglich wieder flüssig zu machen.

Den neuen Finanzminister, einen ehemaligen Staatssekretär, kannte Victor seit vielen Jahren, von wiederholten gescheiterten Versuchen im Dienste verschiedener Banken, die Deutsche Bahn zu privatisieren. Obwohl schlank und sportlich, war der Minister ein weicher Mann, weiches Gesicht, weiche Hände, der in seinem Inneren nun aber einen harten und entschlossenen Kern entdeckt zu haben glaubte. Wenn er in einem seiner insgesamt drei Zegna-Anzüge steckte, wenn er sich in seinem A8-Panzer durch den Metropolenverkehr und vor seinen persönlichen Aufzug in der Tiefgarage seines gewaltigen Ministeriums chauffieren ließ, dann sah er sich als die Art Mann, der Resultate sehen will – welche Resultate, so vermutete Victor, war dabei allerdings weitgehend egal.

Es handelte sich um einen Politiker, der sich neu erfunden hatte, der sich von Spezi und Bifi zu Pinot grigio und Vitello tonnato aufgeschwungen hatte, von der groben Mettwurst zur feinen Salsiccia, der den Bürstenhaarschnitt, die Eintopfwampe, praktische Mehrzweckjacken mit zahllosen Klettverschluss-Taschen sowie die deprimierende Heimatregion hinter sich gelassen hatte, um den Schritt zum polyglotten Kosmopoliten zu wagen und sich auf diesem Wege für eine tragende Rolle zu empfehlen.

Um seine immer noch Bratensaft schwitzende Union an das urbane Geschmacksbürgertum anschlussfähig zu machen. Um durch eine Punktlandung in Sachen *personal branding* pointiert die Positionen seiner Partei zu präzisieren. Um das Konservative auch für Nicht-Konservative attraktiv zu machen, um sich prinzipientreu und flexibel an die pluralistische Dynamik der digitalisierten Gegenwart anzupassen. Um mit seinem frischen Style eine Brücke zu Frauen zu schlagen, zu modebewussten Migranten und Homosexuellen, um also ein Stück weit in Terra incognita vorzudringen und dabei eine proaktive Wertedebatte zu entfachen.

Und nicht zuletzt, um auf dem gesellschaftlichen Parkett mit den charismatischen Kindern aus privilegierten Elternhäusern gleichzuziehen, die ihn auf dem Gymnasium, obwohl er doch stellvertretender Vorsitzender der Schüler-Union gewesen war, nie auch nur eines einzigen Blickes gewürdigt hatten.

Im Meeting am Montag würde es daher weniger um inhaltliche Fragen, sondern vor allem darum gehen, die Komplexe und Neurosen des Ministers schnell zu durchdringen, um mit diesem Herrschaftswissen dann in einem Irrgarten aus Statusfragen zu navigieren. Die Kunst würde sein, dem Beamten den Sieg zu lassen, den seine Ernennung zum Minister bedeutete, anlässlich derer eine herablassende Presse ihn im Vorbeigehen als »Verlegenheitslösung« gebrandmarkt hatte.

Als Staatssekretär war er Victor mit serviler Bewunderung begegnet, die dem Strudel aus Assoziationen geschuldet gewesen war, die eine herkömmliche Verwaltungskraft in Anwesenheit einer gewissen Kategorie von Investmentbankern übermannten, deren individuelle Entfaltung nicht durch eine karge Besoldungsgruppe eingehegt, sondern durch einen atlantischen Bonus-Pool befeuert wurde.

Am Montag würde daher von entscheidender Bedeutung sein, seinen Bewunderer nicht mehr zu übertrumpfen, sich ihm natürlich auch nicht unterzuordnen, was selbst Victor nicht glaubhaft hätte darstellen können, sondern ihm scheinbar respektvoll auf Augenhöhe zu begegnen. Ihm mit komplizenhaftem Habitus – wenn auch ohne jedes offizielle Mandat hierzu – seine Ankunft auf der deutschen Alpha-Ebene zu beglaubigen.

Auch diese Geste würde der Minister durchschauen, seinem durch unzählige Demütigungen geschärften sozialen Sensorium sei Dank, einer paranoiden Cleverness, die der rattengleichen Resilienz des kleinwüchsigen Beamten zugrunde lag. Aber ihn würde mit Rührung erfüllen, mit Dankbarkeit wohl sogar, dass Victor die Größe zeigen würde, ihn nicht als Minister noch spüren zu lassen, dass sich am Delta zwischen ihnen auf fundamentaler, animalischer Ebene in Wahrheit gar nichts geändert hatte.

Der Pitch würde in diesem Kontext nur eine Nebensache sein, eine unaufdringliche Selbstverständlichkeit, da wenn zwei Männer ihres Kalibers aufeinandertrafen, nebenher natürlich auch ein schnelles Geschäft gemacht werden musste. Es würde darum gehen, die Transaktion mit der Cojones bei objektiver Betrachtung als so eindeutig sinnvoll erscheinen zu lassen, dass dem Minister ein Absehen von der Mandatierung der Birken Bank vor Victor peinlich wäre.

Er wusste genau, wie er das machen würde, aber auch, dass wieder nicht der Tag war, um seine Argumentation endlich niederzuschreiben. Natürlich wäre Victor zu jedem Zeitpunkt in der Lage gewesen, ein Pflichtprogramm zu absolvieren, aber er spürte, dass ihm gerade das innere Momentum fehlte, um seine Sprache mit Überzeugungskraft aufzuladen. Er spürte einen Zweifel, eine Arrhythmie. Er blickte mit einer leichten Depression hinaus auf seine Galeerensklaven.

All das war natürlich auf die drei Flaschen Brauneberger Juffer Sonnenuhr zurückzuführen, die er am Vorabend mit Maia geleert hatte, ebenso wie die Gier nach Sättigung, die ihn nun am Kragen packte: In ihn fuhr das Verlangen nach einer Schüssel Pasta alla Carbonara, aber nicht nach deren authentischer Version, in der Puristen nur Eigelb, Backenspeck, Pecorino romano und schwarzen Pfeffer duldeten, nein: Wenn er ehrlich war, dann gelüstete ihn nach einer triefenden Sahnepasta nach der Art, wie man sie in der Frankfurter Innenstadt nur noch bei Vapiano vorgesetzt bekam – nach einer Einheit dampfender Kohlehydrate, die von geschmolzenem Industrieflockenkäse zusammengehalten wurde.

Natürlich schämte sich Victor dafür, dass er Lust auf die Proletenversion einer Speise hatte, die ja als Destillat eines Augenblickes der Weltgeschichte zu sehen war – nämlich der alchemistischen Verbindung der Eipulver- und Bacon-Rationen der GIs mit den Kochkünsten der Italienerinnen im Rom der ersten Nachkriegsjahre. Andererseits, so sah es Victor, war der Fetisch der Gegenwart für Authentizität auch nicht mehr als eine Modeerscheinung.

Auf seinem Weg zu den Aufzugbänken blickte er hinab in die Gesichter seiner Mitarbeiter, die so fokussiert auf ihre Zielerfüllung waren, dass sie nicht zu ihm aufblickten. Es waren bleiche Gesichter, meist unter schütterem Haar, was auf die ununterbrochene Bestrahlung mit Neonlicht zurückzuführen war, das jungen Männern schnell eine Glatze brannte, während es dem Haar junger Frauen Lebendigkeit und Volumen nahm, sodass sich seine Mitarbeiterinnen in der Regel für eine unambitionierte und pflegeleichte Frisur entschieden. In seinem Büro hatte Victor die Röhren herausdrehen lassen, aber hier, auf der offenen Etage, kam es ihm vor, als ob das Straflager in einer Wüste gelegen wäre, über der auch in der Nacht eine toxische Sonne die Lufthoheit hatte.

Niemand war gezwungen, bei der Birken Bank zu arbeiten, und doch konnte sich auch nach dem Schock der ersten Phase nur selten jemand zu einer Kündigung durchringen. Die nahezu hundertprozentige Loyalitätsrate unter den Rekruten lag deutlich über jenen in den von Baldur vor Beginn des Projekts entwickelten Szenarien. Dies war für Victor nicht vollends nachvollziehbar. OK, das Geld. Auch Sozialprestige spielte eine Rolle, aber keine entscheidende. Natürlich gab es im Investmentbanking, wie in jeder anderen Branche, einen gewissen Prozentsatz an fanatischen Überzeugungstätern, aber die Partner waren geschult darin, diese schon an ihren Anschreiben zu erkennen und auszusortieren.

Julia zufolge war der kuriose Kadavergehorsam auf eine Spielart des Stockholm-Syndroms zurückzuführen: Die traumatisierten Lagerinsassen projizierten positive und sogar bewundernswerte Eigenschaften auf ihre Peiniger, um ihre Einwilligung in den eigenen maximalen Kontrollverlust vor sich selbst rechtfertigen und das willkürliche Reglement als legitim akzeptieren zu können.

Victor lief in die Taunusanlage hinein, den kleinen Park am Fuße der Zwillingstürme der Deutschen Bank, der zu seinen Schulzeiten eine unabhängige Junkie-Republik gewesen war, der die Jugendberatung, die Fixerstuben, die Methadonvergabestellen und die therapeutischen Wohnangebote Anfang der 90er das Wasser abgegraben hatten.

Wie die Zutaten für die Carbonara war auch der Junkie-Lifestyle mit dem amerikanischen Soldaten nach Europa gekommen, der seine Einsätze in Asien nur mit Hilfsmitteln zur seelischen Abstumpfung überstanden und in Deutschland schnell Anschluss an die indigene Gammlerszene gefunden hatte. Von diesem Brückenkopf aus hatte das Heroin die bürgerlichen Milieus der BRD durchdrungen, sodass man als Schüler eines humanistischen Gymnasiums Pferdeledersohlen hatte tragen müssen, um sich auf dem Pausenhof nicht an einer gebrauchten Spritze mit HIV zu infizieren.

Victor konnte sich an die unzähligen Babystrich-Reportagen erinnern, die er als Schüler gelesen hatte, typischerweise über einen musischen Lehrersohn aus dem beschaulichen Seligenstadt, der unter Strichern die Kameraderie gefunden, die er unter Bürgern immer vermisst hatte. In der Taunusanlage, auf dem goldenen Herbstlaub, hatte dieser dem *Stern* dann erzählt, habe sich das Heroin wie ein heilendes Pflaster auf seine seelischen Wunden gelegt. Dem Bürgerkind in der BRD der 80er war es demnach als durchaus naheliegendes Szenario erschienen, ein paar Jahre mit Französisch und Verkehr zu verbringen, um dann wieder zum Drill aus Altgriechisch und Violine zurückzukehren.

In der Fastfood-Luft bei Vapiano im Westend nahm Victor zur Kenntnis, dass ihm ein Fehler unterlaufen war: Er hatte nicht bedacht, dass es Samstag war und er bei Vapiano daher nicht auf Menschen treffen würde, die eine preiswerte Stärkung vertilgen und wieder an ihre Bildschirme eilen wollten, was unerfreulich genug, aber noch erträglich gewesen wäre. Nein, beim Publikum in Vapiano-Filialen handelte es sich an Samstagen um Menschen, die das Bedürfnis verspürt hatten, in ihrer Freizeit durch die City in Richtung Vapiano zu schlendern, um dort im Loungebereich ihre Seelen baumeln zu lassen.

Victor hatte Erben von Erben eines Hamburger Kaffeemagnaten, nachdem er ihnen abgeraten hatte, beim Erwerb einer Beteiligung an Vapiano beraten und sich im Zuge der Transaktion mit dem Unternehmen rudimentär vertraut gemacht. Dessen Mission war es, die in Deutschland seit den Tagen der ersten Gastarbeiterwelle flächendeckend etablierte inhabergeführte Pizzeria durch ihren systemgastronomisch standardisierten Wiedergänger zu ersetzen, um einer urbanen Kundschaft in lifestyligen Selbstbedienungskantinen Italo-Food made in Germany zu servieren.

Er hatte nicht etwa deshalb abgeraten, da er Vapiano als schlechtes Investment betrachtete, im Gegenteil: Nachdem er im Zuge der Kaufpreisverhandlungen diverse abwegige Risiken für das Unternehmen anschaulich in Worte gefasst und somit als annähernd real hatte erscheinen lassen, war der Einstieg der Erben zu ausgesprochen günstigen Konditionen möglich gewesen. Aber über den Ambientefaktor den zeitgeistigen Konsumenten anzulocken, der langes Anstehen vor dem Front-Cooking-System als Teil des kommunikativen Erlebnisses und dynamischen Spirits des Fresh-casual-Konzepts begriff – dieser Ansatz war Victor einfach zu menschenverachtend.

Der Nihilismus, der darin zum Ausdruck kam, war jener von Matteo Thun, einem verschlagenen Agentur-Scharlatan mit ledrigem Oberkellnergesicht, dessen Erfolg darauf fußte, dass er als junger Designer den Eminenzen seiner Zunft öffentlichkeitswirksam »Gestaltungsimpotenz« attestiert hatte, und der nun für Branding und Corporate Design von Vapiano verantwortlich war. Für seine Auftraggeber bündelte Thun das Mittelmaß der Gegenwart zu einem konzentrierten Strahl, mit dem der Impuls des Menschen zum Widerstand gegen seine Degradierung zum berechenbaren Umsatzfaktor pulverisiert werden konnte.

Sein erklärtes Ziel war es, in puncto Nachhaltigkeit an die Grenzen des Machbaren zu gehen. Thun verfolgte einen holistischen Ansatz, der verschiedenen Aspekten des interaktiven Wohlfühlens gerecht wurde. Seine Gedanken kreisten um die Tatsache, dass jede Schüssel Pasta ihre eigene Geschichte hatte und somit einzigartig wie eine Schneeflocke war.

So war wohl auch der über 100-jährige Olivenbaum zu erklären, der jede Vapiano-Filiale zierte und der im Falle der Filiale im Westend wirklich so aussah, als ob er seine Wurzeln ein Jahrhundert lang in kargen Felsengrund gekrallt hatte, um seine Zweige über einer mediterranen Steilküste gegen die Meereswinde zu stemmen. Nun steckten seine Wurzeln in einem Design-Kübel voll der braunen und löchrigen Kiesel, aus denen in den bundesdeutschen 70ern in Ämtern und Krankenhäusern Palmen emporgewachsen waren und mit denen Victor das Aroma von Urin assoziierte.

Mit »Vapiano« hatte Thun einen Markennamen geliefert, der den getriebenen Genießer dazu aufforderte, zwischendurch mal schnell der Entschleunigung zu frönen. Das italienische »va piano« bedeutet in etwa, man solle sein Leben langsam angehen lassen, was aber keine Anspielung auf die bei Vapiano üblichen langen Wartezeiten sein sollte. Vielmehr sollte hier ein ironischer Bruch mit der Tatsache erzeugt werden, dass Vapiano ja ein Fastfood-Angebot bezeichnete, um die in den Schlangen wartenden Kunden zum Schmunzeln zu animieren. Denn solange ordentlich geschmunzelt wurde, war Deutschland mit sich im Reinen.

Victor reihte sich vor einem Pasta-Schalter ein, hinter dem ein »Vapianisto« Dienst schob, mit dem vorgeschriebenen verschworenen Lächeln, das jeden Kunden darin bekräftigen sollte, etwas über mediterrane Lebensart verstanden zu haben. Die Unterarme des Mannes waren violett vernarbt, vom Öl in den Hunderten von Wok-Pfannen, die er an jedem Tag über die Flamme zu halten hatte.

Links und rechts des Kochfeldes warteten portionierte Zutaten, die er im Wok zu einem der Pastagerichte kombinierte, die in Kreide-Optik auf einer Tafel in Schiefer-Optik aufgelistet waren, wobei jeder Kunde die Möglichkeit hatte, seine Pasta nach Gusto zu individualisieren, sich zum Beispiel eine Portion Antibiotika-Zuchtlachs in seine Puttanesca hineinrühren zu lassen.

Zu »Vapianisto« hatte Thun ohne Zweifel der Siegeszug des Begriffes »Barista« inspiriert, den Starbucks global durchgesetzt hatte, um einer miserabel bezahlten, im Stehen verrichteten Fließbandtätigkeit irreführenderweise einen Bohème-haften Kunsthandwerksanspruch zu verleihen.

Victor beschlich das Gefühl, einer Erniedrigung beizuwohnen, das dadurch verstärkt wurde, dass der Vapianisto offenbar noch nicht aufgegeben hatte. Er schien das Angebot annehmen zu wollen, sich mit der Marke zu identifizieren, an die Werte zu glauben, für die Vapiano stand, und wenn es sich dabei nur um Kosteneffizienz sowie um den Ambientefaktor handelte.

Was mochte er verdienen, 3000 Euro? Konnte man davon in Frankfurt überhaupt eine Wohnung mieten? Vielleicht irgendwo an einer Bahnlinie, an einer Chemiebrache, in Höchst oder Unterliederbach möglicherweise, in einer Gastarbeiterbaracke aus den 50ern, die ihre intendierte Nutzungsdauer aufgrund ihrer soliden Konstruktion schon um ein Vielfaches überschritten hatte.

Victor dachte an den Text der Stellenausschreibung, die er während der Vapiano-Transaktion auf *bild.de* entdeckt hatte: »Schüchternheit ist over, Dynamik ist angesagt! Im Front-Cooking-System zählen Charakter und Kommunikationsstärke. Bist Du gut drauf? Warst Du beliebt auf der Hauptschule? Bist Du flexibel, bist Du belastbar? Bist Du Kosmopolit? 'Ne Rampensau? Also einfach 'ne Type? Glaubst Du an die Vapiano-Werte Frische, Design und Nachhaltigkeit? Dann ab auf die Bühne! Arrabbiata!«

ZWEI

Als Victor den Shere Khan wieder in die Hügel hinaufsteuerte, lag die Vapiano-Carbonara wie ein marktradikaler Pflasterstein in seinem Magen. Die Pasta hatte einen intensiven Geschmack nach Brühwürfeln in seinem Mund hinterlassen, sodass er eine Cola getrunken hatte, um den Geschmack zu neutralisieren, was er sonst nie tat und was auch nicht funktioniert hatte. Das Resultat war, dass er sich wie vergiftet fühlte, ja, wie verstrahlt beinahe.

Er hörte Rammstein, während er durch die Schatten segelte, auf seinem Raumklangsystem von Burmester, dessen 24 Lautsprecher so präzise aufeinander und das Interieur seines Porsches abgestimmt waren, dass die Musik nicht aus deren Membranen, sondern direkt aus dem moosigen Waldboden zu kommen schien.

Auf der B455 donnerten in Formation zwei Biturbo-Familienkombis von Mercedes an ihm vorbei, mit jungen Frauen am Steuer, deren Rennsportreifen vom Typ Continental Sport Contact sich gierig in den makellosen Asphalt hineinkrallten. Vor zweitausend Jahren war der Taunus ein geschlossener Urwald gewesen, in dem sich Plinius dem Älteren zufolge »die Kälte mit der Dunkelheit vermählt« hatte. Nun drückten in Design-Hainen aus Edelkastanien Frauenfüße Titan-Gaspedale auf Fußmatten aus Schurwolle nieder, auf die Milchstraßen aus Mercedes-Sternen gestickt worden waren.

Ihm fiel ein, dass auch Maia einen solchen Kombi fuhr, obwohl sie keine Kinder hatte – ein Hinweis ihres Gatten darauf, dass er den Zeitpunkt für Nachwuchs gekommen sah, für einen Statthalter eigenen Blutes, den er würde lehren können, ordnungsgemäß Bambi zu entleiben. Schon bei diesem ersten Gedanken an Maia spürte Victor seine Zegna-Hose spannen. Er hatte nicht vor, wieder die Nacht mit ihr zu verbringen, da er am nächsten Tag voll einsatzbereit würde sein müssen; da er es mit der Niederschrift seines Pitches mal wieder auf den letzten Moment hatte ankommen lassen. Aber es schien beinahe so, als ob er ein Interesse an ihr entwickelte.

Er wusste kaum etwas über sie. Möglicherweise war sie Historikerin, denn sie kam auffallend oft auf das Dritte Reich zu sprechen. Ein einziges Mal war er bei ihr zu Hause gewesen, in ihrer Küche nur, für eine halbe Stunde ungefähr. Er hielt ihr zugute, dass sie offenbar keine *Kreative* war, denn er hatte in ihrem Haus keinen Hinweis auf hausgemachte Kunst entdecken können. Er hatte keine Staffeleien darin gesehen, keinen Sperrmüll für Installationen, keinen zum Studio umfunktionierten Wintergarten.

Es war die zweite Verabredung der beiden gewesen. Sie hatte ihm eine Nachricht geschickt, dass er schnell kommen sollte, da sie von ihm geträumt habe in der Nacht, dann beim Waldlauf, dann beim Mittagsschlaf; Victor war im Silberturm in die Tiefgarage hinabgefahren und in seinen Shere Khan eingestiegen. Sie hatte ihn in die Küche gezogen, sie hatte gleich seinen Schwanz hart geblasen, um ihm dann ungeduldig ihren Hintern zu präsentieren.

Victor hatte sich auf seine Erektion reduziert gesehen, was er aber nicht als störend, sondern als befreiend wahrgenommen hatte. Für den Augenblick im Einklang mit seinem Dasein, hatte er also begonnen, die Frau seines Nachbarn ohne Kondom von hinten zu penetrieren.

Die Atmosphäre in ihrer Küche, hatte er dabei gesehen, prägten Gemälde von Jonathan Meese, die aussahen – Runen, Stahlhelme, Hühneraugen, Fäkalien –, als hätte ein debiler Gestapo-Offizier sie gemalt. Die Affinität zur Nazi-Symbolik in der zeitgenössischen deutschen Kunst empfand Victor als unangenehm. Natürlich war der Vorwurf des Transports totalitären Gedankenguts in diesem Kontext fehl am Platze, da man seinem Gegenüber in Deutschland damit ja nicht nur einen respektlosen Umgang mit den Lehren der Geschichte, sondern immer gleich die explizite Befürwortung der millionenfachen maschinellen Menschenvernichtung unterstellte.

So war die Wahl von Maias Gatten sicher nicht aufgrund seiner Billigung der Endlösung der Judenfrage, sondern nur deshalb auf Meese gefallen, da an dem Tag, an dem er in der Champagnerlaune gewesen war, um auf einer Kunstauktion mal so richtig aufzuschlagen, dort eben Meese auf dem Programm gewesen war, dessen Namen er wahrscheinlich irgendwo schon einmal gelesen hatte. Und ihm war aufgefallen, dass dieser Nazi-Style, so rein ästhetisch betrachtet, doch super mit den Taunuswäldern harmonierte, ja, sogar mit der Pelztierjagd, die nach dem Erkalten der sexuellen Ebene seiner Ehe zu seiner seelischen Wärmflasche geworden war.

Andererseits war bei cleveren Nazi-Zitaten immer eine Verlogenheit im Spiel, so sah es Victor, da jeder Künstler, auch wenn er vorgab, mahnen zu wollen oder spielen zu wollen oder die Nicht-Vergangenheit der Vergangenheit vergegenwärtigen zu wollen, eine verbotene Romantik der Auslöschung heraufbeschwor, indem er solche Zeichen setzte – also Stollen, Gruben, Gräben, Haare, Stiefel, Zähne, Orden, Fackeln, Fahnen, Fell, Filz, Fett, Knochen, Plomben, Rauch und Schienen. Ein finsteres Strahlen, in dem sich Künstler und Werk als moralisch ambivalent und somit als rätselhaft und bedrohlich inszenieren ließen.

In Schleichfahrt rollte Victor über den Kies in seine Garage, die abseits des Hauses in einem Arrangement aus Douglasien gelegen war. Er sah erst hinüber zu seinen Mountainbikes, beschloss dann aber, einfach schnell zu onanieren und früh schlafen zu gehen. Mit einem Sprachbefehl öffnete er den Tankdeckel, stieg aus, zog das Lademodul hervor und verband es magnetisch mit dem Porsche Power Port, der in den Beton seiner Garagenmauer eingelassen war.

Um die Wiese zu vermeiden, die an Maias Grundstück grenzte, nahm Victor einen Trampelpfad durch eine Senke, der ihn direkt auf seine Poolterrasse führte. Das Schwimmbecken hatte er von Montaningenieuren in eine Ader aus urzeitlichem Quarzsandstein sprengen lassen, sodass die Unterwasserstrahler es wie einen leuchtenden Felsensee erscheinen ließen.

Schon sein Großvater hatte in Falkenstein gelebt, in einer der Villen im Tudorstil unterhalb der Burgruine, die während des Krieges Günstlingen der Reichsgruppe Banken vorbehalten gewesen waren. In der Garage des Hauses hatte er nach der Kapitulation die Standartenhalter seines Dienst-Maybachs abgesägt, um das Auto privat weiter nutzen zu können. Er hatte die Nahtstellen überspachtelt, die Karosse in British Racing Green neu lackiert, und fertig war der Sonntagswagen gewesen, mit dem er in seinen letzten Jahren an jedem Wochenende beim Schlosshotel Kronberg vorgefahren war, um in dessen Rotem Salon seine Gesprächspartner zu empfangen.

Victor konnte sich noch an Besuche dort erinnern, an die ausufernde Kuchenauswahl in der silbernen Vitrine. Der Alte war in den Wirtschaftswunderjahren Chef der Degussa gewesen und hatte den herrischen Habitus danach nie wieder abgelegt. Am Kamin hatte er Victor zu sich herangezogen, um ihm von einem Vermögen zu erzählen, das er beiseitegeschafft habe – Gold in Bolivien, das war ihr

Geheimnis gewesen. Es war dann aber kein Gold aus Bolivien bei ihm angekommen, da sein Großvater sechs Mal geheiratet und sein Vater das Pech gehabt hatte, dass dessen Vater diesen, der bei den Farbwerken Hoechst über den Abteilungsleiter nicht hinausgekommen war, für einen Versager gehalten hatte.

Die Strahler im Schwimmbecken warfen sanfte Wogen an die Wände seines Arbeitszimmers, als er dessen gläserne Front mit seinem Telefon entriegelte. Er fuhr den iMac hoch, den er ausschließlich für private Zwecke nutzte – zum Schreiben und zum Besuch osteuropäischer Pornowebseiten. Er hatte darauf noch keinen einzigen geschäftlichen Vorgang erledigt, um dem gedanklichen Virus seines Bankertums die Möglichkeit zu verweigern, alle Bereiche seines Lebens zu infizieren.

Seit mehreren Jahren schon, seit der Trennung von Antonia ungefähr, arbeitete Victor an einem Roman, von dem er in diesem Zeitraum aber nur eine Art Outline zustande gebracht hatte. Das Vorhaben sah er als die Folge einer Erweckungseinsicht, die er als junger Banker gehabt hatte: Ihm war klar geworden, dass er mit geschriebener Kommunikation in all ihren Formen, mit Briefen an Freundinnen, Aufsätzen in der Schule, Essays für die Zulassungsgremien elitärer Universitäten, Hausarbeiten, Bewerbungen bei Investmentbanken sowie Präsentationen und Pitches für verwöhnte M&A-Kunden in seinem bisherigen Leben nahezu ohne Ausnahme das angestrebte Resultat erzielt wie auch die antizipierte Reaktion hervorgerufen hatte.

Ihn hatte die Hoffnung ergriffen, dass er sich in der Form der schriftlichen Botschaft an unbekannte Adressaten würde kenntlich machen können, sein inneres Leben festhalten, das ja sonst verschwinden würde, ohne Spuren zu hinterlassen, als ob es gar nicht der Rede wert gewesen wäre.

Der Roman erzählt von einem U-Boot-Kommandanten und einer seelisch erloschenen Prostituierten. Die beiden wachsen in Berlin auf, als Nachbarskinder, in Offizierswohnungen. In der Luisenstadt, mit Blick über die Mausoleen. Mit silbernen Löffeln in ihren Mündern. In den 30er Jahren, der Donner der Stiefel ist schon zu hören.

Der Bube will schreiben. Die Stadt ist ein Abenteuer. Das Mädchen zieht mit ihm durch die Schatten der Arbeiterviertel. Durch Spielhallen, durch Abseiten. Sie ergänzen sich – ihr fehlt Begeisterung, ihm fehlt Skepsis. Ein altes Ehepaar würden sie sein.

In der Kindheit hat sie ihre Mutter verloren. Ihr Vater hat sie allein erzogen. Sie begegnet ihm mit Ablehnung. Er ist der Inhaber eines Mercedes-Autohauses. An jedem Morgen dreht er eine Runde durch die Schaufenster, um den Ausstellungsstücken mit einem Brillentuch die Sterne zu polieren. Sie kann nicht glauben, dass sie mit einer Person dieses Schlages von einem Blute sein soll – dieser Stolz! Dieser Aufsteigerstolz! Dieser Fleiß! Diese Rasur-Frisur, diese Eindeutigkeit! Und immer diese vulgäre Geschäftstüchtigkeit, kommen Sie, kaufen Sie, kaufen Sie einen Mercedes, auf dass die Welt Sie für voll nehmen möge.

Das Mädchen hängt dem Tagtraum nach, Produkt einer Affäre ihrer Mutter zu sein. Sie liegt auf dem Boden, auf dem Buchara im Wohnzimmer. In den Rändern der Stuckrosette kann sie Dämonenfratzen erkennen. Sie tastet nach der harten Stelle auf dem Teppich, dem Fleck des Blutes, das aus den Augen ihrer Mutter kam, nachdem das Aneurysma diese aus dem Leben gerissen hatte.

Sie klammert sich an die Vorstellung, mit der Krämerseele des Vaters nichts zu tun zu haben, bis zu einem Sonntag im Spätsommer 1937, an dem er sie zu einem Törn auf dem Wannsee überredet. Ein Kunde von ihm, Zahnarzt am Kurfürstendamm, hat sich bei Krupp in Kiel ein Kanonenzum Cocktailboot umbauen lassen.

Sie hat den Vater noch nie ohne Socken gesehen, und als er seine Kniestrümpfe ablegt, um die Stiefel ausdampfen zu lassen, um in die Algenbrühe hineinzuspringen, da muss sie erkennen, wessen Produkt sie ist: Lang und schmal, zerbrechlich beinahe, der zweite Zeh von innen jeweils länger als der erste – dies sind exakt ihre Füße, natürlich vom Nagelpilz abgesehen. Mit einem solchen verblüffenden Nagelpilz kann das Mädchen nicht dienen.

1938, die »Entartete Kunst« kommt nach Berlin. Ihr Vater hat eine Einladung für die Premiere. Er steht ganz vorn in der Schlange. Er kennt die halbe Stadt. Im Jahr zuvor hat er 256 Mercedesse an den Mann gebracht, an die Frau immerhin 14. Die Ausstellung ist eine Erlösung für ihn. Er ist beseelt an diesem Abend. Er redet und redet. Er will sich mitteilen. Sogar seine Würste lässt er kalt werden. Er lässt seine Kartoffeln stehen. Er lässt sein Bier warm werden. Ein Damm bricht in ihm. Das Mädchen will vom Esstisch aufstehen, aber ihr Vater brüllt: Setz dich nieder!

Als sie seine Freude begreift, über die Tatsache, dass ihm von offizieller Seite bestätigt worden ist, was er immer geahnt hat, dass all das nämlich, was Hochstapler bisher als »Kunst« verkauft haben, nur dekadentes Schattenboxen gewesen ist, eine anmaßende Normabweichung, die Deutschland nicht voranbringen wird, übermannt sie die Übelkeit. Sie muss sich übergeben, in ihren Mund hinein nur. Für einen Augenblick ist ein Suppenlöffel Galle hinter ihren zusammengepressten Lippen, den sie zu ihrer Erleichterung aber wieder hinunterschlucken kann.

Ein Mercedes, hört sie ihren Vater schnarren, das sei Kunst! Der G4 zum Beispiel, ein geländetauglicher Dreiachser, ursprünglich für Feldkommandeure der Wehrmacht konzipiert, den aufgrund der erhabenen Sitzposition aber auch der völkische Kosmopolit zu schätzen wisse, der hedonistische Geschmacksgermane. Die Konstruktion einer solchen Maschine sei zweifellos eine größere kreative Leistung, als in defätistischen Moll-Tönen zwei windschiefe, zu ihrer Euthanasierung einladende Zigeunerkatzen gemalt zu haben. Er bezieht sich auf Franz Marc, folgert das Mädchen, auf »Zwei Katzen in Blau und Gelb« wahrscheinlich. Und nun spürt sie ihre Seele mit Erbrochenem volllaufen.

Jahre später findet sie in Manhattan ihr Auskommen. Sie hat sich auf der *Bremen* eingeschifft. Das Vaterland ist unerträglich geworden. Nur im Traum kommt die Heimat noch hin und wieder. Sie träumt von der Bergmannstraße, der Lilienthalstraße, von den Menschenschlangen vor dem Arbeitsamt an der Fontanepromenade. Von Männern in eleganten Mänteln, die auf ihre Einteilung zum Dienst in Kohlekellern warten.

Sie weht in ihre Stammbar hinein. Sie kommt von der Arbeit. Sie bestellt einen Greyhound, um den Geschmack der Männer zu überlagern. Seit Kriegseintritt der USA ist jeder Amerikaner scharf darauf, im Mund einer Deutschen zu ejakulieren. Ihr starker Drink glättet die Kanten ihres Tages. Sie fühlt sich wohl in der Bar. Sie mag den Jazz, die Messinglampen. Birkenscheite im Kamin. Die Vorhänge dämpfen den Lärm der Stadt.

In der *New York Times* verfolgt sie den U-Boot-Krieg im Nordatlantik. In der See vor Providence sammeln sich die Wolfsrudel zu einer letzten Offensive. Sie denkt an ihre Jugendliebe, ihren prächtigen Buben, der sich am Tag, nachdem sie spurlos verschwunden ist, freiwillig zur U-Boot-Waffe der Kriegsmarine gemeldet hat. Dies hat ihr später eine gemeinsame Schulfreundin geschrieben.

Sie kann seine leeren Augenhöhlen sehen, in seinem stählernen Sarg, in seinem unmarkierten Massengrab. Inmitten der Gebeine seiner Kameraden. Möglicherweise hat ein Hai ihn gefressen, sodass sein Schädel, der zu groß ist, um durch den Anus des Räubers wieder in Freiheit zu gelangen, noch Jahre nach dem Untergang des Reiches eine stille Patrouille vor der Küste des Feindes fahren wird.

Später in der Nacht löscht der Barmann die Lampen über dem Tresen. Während der Prostituierten aus ihrem dritten Greyhound die Frage entgegensteigt, ob es kindisch war, so radikal zu sein, ob sie ihre Kränkung zu ernst genommen hat, bricht im Naturhafen am Fuße von Manhattan erst das Luftzielsehrohr durch die schwarze Oberfläche, bevor der schlanke Turmaufbau und dann die Kapuze des Kommandanten von U-959 zum Vorschein kommt. Reglos steht er auf der offenen Brücke. Die Türme verdoppeln sich auf dem Wasser, der Moloch bleckt ihm als Gebiss entgegen. Er ist auf Periskoptiefe eingefahren und trägt den roten Abdruck des Okulars in seinem bleichen Gesicht.

Das amerikanische Eastern Sea Frontier penetriert zu haben, flutet seine taube Seele mit destruktiver Lebensenergie. Schon im Frühjahr 1941 haben seine Männer und er in diesen Wassern wie entfesselt Jagd gemacht, um die Speerspitze der Kriegsmarine in die weiche Flanke des Feindes zu rammen. Die Fackeln brennender Tanker und die aus den flachen Gewässern ragenden Gerippe der Frachter machten dem amerikanischen Brudervolke damals zum ersten Mal in seiner Geschichte greifbar, dass der Krieg über das Meer bis an sein Heimatland herangetragen werden kann.

Nach der langen Tauchfahrt trifft die Seeluft die Sinne des Kommandanten wie ein Pinsel Kokain die Schleimhäute seiner Adlernase. Bohlen, Austern, Seegras wittert er, Ratten im Wasser. Den gepuderten Schweiß der Bardamen, aber: Wie an Land gehen? Vor allem: Was sollte er anziehen? Sollte er seine Ausgehuniform anziehen? Sollte er seinen hellgrauen Naziledermantel anziehen?

Victor löste seinen Gürtel. Hoch über ihm kreuzte eine A380 der Lufthansa im Mondeslicht. Er entschied sich für jingleberry.com. Er gab den Suchbegriff »innocent blowjob« ein und wurde auf ein Tableau aus Thumbnails weitergeleitet, hinter denen jeweils eine Frau mit verschämtem Gestus einen Fremden oral befriedigte.

»Innocent« deshalb, da Victor im pornografischen Kontext nicht die abgebrühte, sondern die korrumpierte Frau suchte, da er nicht auf Rotlicht, Armut, Schmutz, Not und Krankheit abfuhr, damit war für ihn kein sexueller Reiz verbunden. Seine pornografischen Fantasien spielten eher in einem Schloss mit Hotelbetrieb an der polnischen Ostseeküste, am Haff oder wie man das nannte, mit knarrenden Böden in den Fluren und schüchternen Zimmermädchen mit naturbelassenen Mösen, da in die rückständige Meerbusenregion, in der das Schloss sich vor den Wirren des vergangenen Jahrhunderts verborgen gehalten hatte, noch keine Waxing-Studios vorgedrungen waren.

Victor befreite seinen Schwanz. Das Arrangement der Bohrtürme ragte wie ein Kandelaber aus der flimmernden Ebene. Er klickte einen Thumbnail an und fand sich in einer dörflichen Straßenidylle wieder, wahrscheinlich in Tschechien, da an einem Bauzaun ein zerfleddertes Budvar-Werbeplakat zu sehen war.

In der Schlange vor einem inhabergeführten Fischgeschäft wartete eine Brünette darauf, einen der Karpfen zu ergattern, die im Schaufenster auf verschiedene Zuber verteilt worden waren. Plante sie die Zubereitung eines böhmischen Festtagsschmauses? Sie hatte kein Smartphone, in das sie hätte starren können, sodass sie ihre Gedanken schweifen, ihre Tasche schwingen ließ, während sie auf den Fischkauf wartete.

Forsch strebte die Kamera auf sie zu. Man hörte die joviale Stimme des Hauptdarstellers, der einen dubios aussehenden 200-Euro-Schein ins Bild hielt, während er die Protagonistin fragte, ob sie nicht Lust hätte, sich ein schönes Taschengeld zu verdienen. Ein wenig extra, nur für sie, nicht für die undankbare Familie. Damit könnte sie sich zum Beispiel mit einem Nachthemd aus Seide belohnen. Er bot sogar an, ihr nach dem *money shot* ihre Einkäufe nach Hause zu tragen, so ein Karpfen allein dürfte ja schon ein paar Kilo wiegen. Zu ihren Füßen war ein Sack charaktervoller Kartoffeln zu sehen, mit dem örtlichen Humus überzogen und deutscher Biomarktware an Authentizität haushoch überlegen.

Während die Darstellerin einen Spagat zwischen Entsetzen und lustvollem Interesse ablieferte, erschien ein Pop-up auf Victors Apple-Bildschirm. Er sah Maia über den englischen Rasen eilen. Seine Bewegungsmelder hatten sie erfasst, und so folgten die Sicherheitsstrahler ihr wie Bühnenscheinwerfer über Schiefertreppen auf seine Poolterrasse. Dann kam sie durch seine offene Scheibe.

DREI

Victor fuhr schnell am nächsten Morgen. Er träumte von einer Welt ohne Menschen, oder zumindest einer A66 ohne Menschen, zumindest ohne Menschen vom Schlage des Mannes in dem Audi, hinter dem er jetzt abbremsen musste. Dieser hatte offenbar beschlossen, auf der linken Spur an diesem Sonntagmorgen eine gemächliche Spazierfahrt durchzuführen. Nach dem A4 in Aubergine zu urteilen handelte es sich um einen Backoffice-Sachbearbeiter, der bei konstant 120 davon träumte, als High Potential geboren worden zu sein.

Möglicherweise hatte der Verlierer gerade eine lähmende Neid-Hass-Attacke erlitten, so dachte Victor, da der Shere Khan im Rückspiegel ihm vor Augen geführt hatte, dass er sich den Lebenstraum vom eigenen Porsche wohl nicht mehr würde erfüllen können. Nicht vom geleasten Porsche, nicht vom gebrauchten Porsche, nicht vom Porsche-Mietwagen für ein langes Septemberwochenende, nein: den Traum davon, im individuellen Beratungsgespräch mit dem *Vision Curator* des örtlichen Porsche-Zentrums ein Unikat zu konfigurieren, um sich mit diesem endlich ausdrücken und seine Persönlichkeit darstellen zu können.

Die Quelle seiner Aggressionen im Straßenverkehr war Victor ein Rätsel geblieben. Das schnarrende Fluchen, das Aburteilen in überzogener Härte, wobei ihn vor allem jeder Anflug von Selbstgerechtigkeit in den fremden Gesichtern, jeder Hinweis auf ignoranzbasiertes In-sich-Ruhen, auf schmunzelndes Einverstandensein mit dem jeweils gewählten dümmlichen Lebensentwurf, zu Höhenflügen der Niedertracht inspirierte.

Das war gar nicht er, dieser eisige Strom, er hätte sich niemals geäußert in dieser Schärfe, ja: Seine unwillkürlichen Jeremiaden gaben noch nicht einmal seine tatsächliche Sichtweise wieder. Es musste da noch ein anderer in ihm sein, ein finsterer Passagier, der im toten Winkel mitreiste. Offenbar verzog er sein Gesicht am Steuer manchmal auf so furchteinflößende Weise, dass eine ältere Dame, die vor ein paar Wochen auf der A66 zu ihm hinübergeblickt hatte, mit ihrem SLK daraufhin in ein gefährliches Schlingern geraten war.

Generell war in diesen Jahren eine starke Zunahme von feindseligem Verhalten im Straßenverkehr zu verzeichnen, von dichtem Auffahren und Drängeln und riskantem Überholen, von ordinären Beschimpfungen der Autofahrer untereinander, die den Forschern zufolge auf »gestiegene Anforderungen in Beruf und Privatleben« zurückzuführen war. Davon konnte im Falle Victors nicht die Rede sein, denn die Beziehungen in seinem Leben zeigten sich harmonisch, und seine Investmentbanker-Rolle war ihm zur routinierten Fingerübung geworden.

Aber an Tagen, an denen er einen Pitch zu schreiben hatte, konnte er keine fremde Einwirkung ertragen. Keine Ärgernisse, keine Unplanmäßigkeiten, keine Interaktion mit irgendwem, plärrte es dann in seinem Schädel, wie der Ruf zum Appell oder gar zum Gefecht aus den blechernen Lautsprechern einer Kaserne.

In der von Victor gefahrenen S-Version beschleunigte der Shere Khan mit dem Nachdruck einer Raumfähre, und ihm kam der Gedanke, dass eine Zuckung seines Gasfußes genügen würde, um den Sachbearbeiter in dessen Versagerwagen an einen Brückenpfeiler zu treiben.

Im Aufzug des Silberturmes erreichte Victor eine Mail von seiner Exfreundin Antonia, ohne Betreff oder Kommentar, nur mit dem Link zu einer Kolumne über Mandalas, die in der *Zeit* erschienen war. Er wusste damit nichts anzufangen, bis ihm klar wurde, dass Antonia selbst die Kolumne geschrieben hatte – wie bitte? Sofort begann er, den Text zu überfliegen. Wenn er das richtig verstand, dann war ein Mandala so ein esoterischer Buddha-Nippes, mit dem das Nichts gefeiert werden sollte, die Vergänglichkeit allen irdischen Lebens.

Darüber hatte Antonia nun also überregional ihre Gedanken verbreitet. Sie hatte sogar daran gedacht, einen eleganten Bogen zur Symbolik der Lotosblüte zu schlagen. Victor spürte ein Unwohlsein, er würgte sogar einmal trocken. Mandalas? Wie kam das denn jetzt? Er hatte Respekt vor Zeitungen, zumindest vor den alten Institutionen, vor der Rolle, die sie in seinem Leben spielten, und vor den Geistern der Verstorbenen in den Online-Archiven. Wenn man also die Möglichkeit hatte, etwas beizusteuern, dann sollte man da vielleicht nicht irgendeinen frivolen Unsinn hineinschreiben.

Als er sah, dass der Artikel schon in der vergangenen Woche erschienen war, konnte er zudem die Litanei unausgesprochener Vorwürfe hören, die Antonias leere Mail transportierte: Er habe ihren Text wohl nicht gesehen, er sei sicher zu beschäftigt gewesen. Oder vielleicht habe er ihn gesehen, aber beim besten Willen nicht die Zeit finden können, ihr eine kurze Nachricht zu schreiben. Ein paar Minuten – woher diese nehmen? Sei ihm der Text möglicherweise nicht *intellektuell* genug gewesen? Nein, so arrogant sei er nicht, sie wolle ihm kein Unrecht tun. Sicher sei er nur zu eingespannt gewesen. Sie wisse ja, wie wichtig seine Arbeit sei, da gehe es um Milliarden, um die Schicksale ganzer Unternehmen, schließlich habe sie mit ihm zusammengelebt. Oder sei das nur Einbildung gewesen? Denn sie habe ihn damals ja fast nie gesehen.

Und jetzt spürte Victor, wie Antonia begann, ihn herunterzuziehen, aus der Ferne. Warum immer diese Paranoia? Warum musste sie ihn auf Verdacht dafür kritisieren, dass er angeblich irgendwelche kritikvollen Gedanken ihr gegenüber hegte? Das konnte er nicht gebrauchen vor der Arbeit, das wusste sie natürlich nach den Jahren mit ihm.

Aber seinem Spleen dafür, sein Gehirn in jungfräulichem Zustand an seinen Schreibtisch retten zu wollen, war Antonia schon damals mit einem irritierenden Sarkasmus begegnet: Er mache ja Wind wie ein Künstler, hatte sie gesagt, obwohl er doch nur ein trockenes Traktat zum Zwecke der Abzocke zu verfassen habe.

Natürlich war ihre Beziehung nun dergestalt, dass er sie voll finanzierte und dies auch immer tun würde, ohne Bedingungen, da es ohnehin egal war, und natürlich vor allem, um jeden denkbaren zukünftigen Konflikt mit ihrer gemeinsamen Tochter zu vermeiden. Nur: Warum dachte sie dann so negativ über ihn? Allein die Jahre, die er mit ihr verbracht hatte, die akkumulierte physische Nähe, seine Vertrautheit mit ihren Stimmungen, ihren Bewegungen, ihren Angewohnheiten – war das nicht eine Art zwischenmenschliches Guthaben? Warum sollte es also böses Blut zwischen ihnen geben?

Auch wenn er ihr immer nur in Persona begegnete, hatte Victor das Gefühl, eine enge Beziehung zu Antonia zu haben, an der er entschlossen gearbeitet hatte, da für ihn wichtig gewesen war, nicht völlig allein auf der Welt zu sein. Er war gut gerüstet für die Einsamkeit, hatte aber die Situation vermeiden wollen, in der niemand sich um ihn scherte, in der kein anderer Mensch Liebe für ihn empfand, oder zumindest eine starke Zuneigung, und also weiter an ihn denken würde, wenn er nicht mehr da wäre.

Aber natürlich war dieses Kriterium mit der Geburt Victorias erfüllt gewesen, mit dem Eintreffen seiner kleinen Tochter, mit der er sofort in völligem Einklang gewesen war. Vor ein paar Monaten hatte er sogar die Erkenntnis gewonnen, zu seiner nachhaltigen Belustigung, dass er aktuell in etwa den emotionalen Reifegrad Victorias teilte und daher im Tandem mit ihr nun würde damit beginnen können, langsam erwachsen zu werden. Ja, erst Victoria hatte ihn in die Lage versetzt, sich von Antonia trennen zu können, oder eher: sie gehen zu lassen. Denn natürlich verdiente sie einen Partner, der seine Interaktion mit ihr nicht als algorithmisches Rollenspiel inszenierte – auch dann, wenn es seine Rolle gewesen war, ihre Wünsche kalkulatorisch zu antizipieren und präemptiv zu erfüllen, ohne sie jemals zu hinterfragen.

Es konnte natürlich auch sein, dass er neidisch auf Antonia war, da er zunehmend darunter litt, in den Zeitungen so gut wie gar nicht präsent zu sein. Mit neidisch meinte er nicht etwa, dass er ihr den Triumph missgönnte, den die Kolumne für sie ja sicher bedeutete, im Gegenteil, Victor war stolz auf sie, er platzte vor Stolz beinahe: Er konnte sich genau vorstellen, wie sehr Antonia sich gefreut hatte, und wie auch die Kleine sich für die Mama gefreut hatte, und wie die beiden sich dann angestrahlt hatten. Der Gedanke an ihren Freudentanz in der alten Wohnung im Westend entlockte Victor im Aufzug jetzt sogar selber ein Strahlen, das er aber sofort auslöschte, um vor den anderen Passagieren nicht wie ein Wahnsinniger zu erscheinen.

Neben ihm stand eine junge Mitarbeiterin der Birken

Bank, die schon graue Haare hatte und die Victor im Foyer mit der Andeutung eines Nickens zur Kenntnis genommen hatte. Dann hatte er die Augen in seinen Bildschirm hinabgerichtet, um die Notwendigkeit einer überflüssigen Konversation zu vermeiden. Er hatte ihren Namen vergessen, fühlte sich aber irgendwie vertraut mit ihr, da sie auf der Etage nur drei Tische entfernt von ihm saß und er die Angewohnheit hatte, sie verstohlen zu beobachten.

Meist sah er dann, wie sie versuchte, wach zu bleiben, wie ihr Kopf in Zeitlupe nach vorn sackte, bis sie aufschreckte und in die Teeküche lief, um sich den sechzehnten Americano des Tages zu holen. Bisher hatte sie auf ihn dabei einen intelligenten Eindruck gemacht, der sich im vergangenen Jahr auch schon in einer Bonus-Empfehlungsmail an Julia mit der Betreffzeile »Die mit den grauen Haaren« niedergeschlagen hatte.

Nein, er war nicht missgünstig, er freute sich für Antonia. Er hatte sich einfach eine Branche ausgesucht, die auf Verschwiegenheit Wert legte, völlig entgegen seinen Bedürfnissen, mit dem Resultat, dass er bisher beinahe so anonym wie sein Vater geblieben war. Das einzige Mal, dass er den Namen seines Vaters in der FAZ gelesen hatte, war in dessen Todesanzeige gewesen.

Er hatte nachhaltige Veränderungen herbeigeführt, im deutschen M&A-Sektor, in der Struktur der bundesrepublikanischen Industrielandschaft, und dennoch war für ihn bisher nur eine Erwähnung in einem Glamour-Porträt seiner Partnerin Julia im *Manager Magazin* drin gewesen.

Die Diskrepanz zwischen seinem Einfluss und seiner Außenwirkung war langsam wirklich zum Verzweifeln. Sein U-Boot-Deal zum Beispiel: Immerhin hatte er eine Perle des einheimischen Maschinenbaus an einen Schurkenstaat verhökert, und noch nicht einmal ein negativer Artikel war über ihn erschienen. Nicht einmal in den kurzen Meldungen zum Deal war sein Name erwähnt worden, als ob die Transaktion sich von allein ereignet hätte, wie die spontane Paarung eines arabischen Geschäftsreisenden mit einer Hamburger Hafendirne.

Er hatte Geschichte geschrieben, oder zumindest an ihr mitgeschrieben, auch wenn sein Einfluss destruktiv gewesen war: Die Stadt hier zum Beispiel, die ihm nun so übel aufstieß, die Monokultur, die Gentrifizierung, die seelische Verarmung – all das war ja auch sein Werk gewesen. Victor hätte wohl für sich in Anspruch genommen, nicht in böser Absicht gehandelt zu haben, oder überhaupt in konkreter Absicht, was die Entwicklung der Gesellschaft anging, denn in dieser Hinsicht war er ein intellektueller Spätzünder gewesen. Das hatte natürlich mit seinem Bildungsweg zu tun, mit dem frühen Eintauchen in das Netzwerk aus klandestinen Trainingslagern der globalen Investmentbanken, die seine Rekrutengeneration noch offen die Amoral gelehrt hatten: nicht die Unmoral, sondern die Irrelevanz von Moral als Faktor, den strategischen Vorteil der Abwesenheit irgendeiner Überzeugung.

Eine Mail von Viola traf ein, der Concierge des Adlon: Sie schlug ihm für den Folgetag einen Termin mit Valeszka vor, diese habe nur noch elf Uhr leider, und Victor akzeptierte, da sein Meeting im Ministerium für neun angesetzt war und sicher nur eine Stunde dauern würde. Er hatte einen Anruf von Ali Osman verpasst, den er nun schon länger nicht mehr gesehen hatte, und es ärgerte ihn, dass es auch auf dieser Reise nach Berlin nicht klappen würde – Ali saß für die Grünen im Bundestag und Victor war gespannt auf dessen aktuelle Prognose für die Wahl im September. Aber all das war irrelevant, er brauchte seinen Strahlenblick, er durfte sich jetzt nicht von irgendwelchen peripheren Sachverhalten ablenken lassen.

Die erste Fassung schrieb Victor mit einem Bleistift, in kaum einer Stunde, auf ein paar Bögen Druckerpapier im Querformat, auf die er unten neben der Seitenzahl das Logo der Birken Bank skizzierte. Er hatte Glück, er rauschte hindurch, das Schreiben funktionierte wie ein Download aus seinem Gehirn, in dem dieses Dokument ja im Wesentlichen schon am Ufer des Schluchsees entstanden und dankenswerterweise dann offenbar auch irgendwo abgespeichert worden war. Er schrieb und schrieb, und wenn ein Analyseschritt notwendig wurde, den er im Normalfall an einen Galeerensklaven delegiert hätte, erledigte Victor ihn selber, um seine Konzentration nicht zu gefährden.

Er hatte ein eher kompaktes Format gewählt, um dem Minister den Eindruck zu vermitteln, dass die Birken Bank ihn aus professionellem Respekt für seine Erfahrung mit den üblichen Füll- und Marketingslides verschonte, mit den sogenannten *league tables* zum Beispiel, der Rangliste der deutschen M&A-Berater, auf der sich jeder von diesen durch Justieren des Zeitraumes sowie Eingrenzen der Transaktionskriterien an die Spitze rechnen konnte – schon Dabeisein war Gewinnen, wie in einem Waldorf-Kindergarten.

Inhaltlich war keine große Überzeugungsarbeit zu leisten, da die Zeichen im deutschen Energiesektor ohnehin auf Verstaatlichung standen – die Strategie der Kanzlerin schien es zu sein, die großen Energieversorger regulatorisch so lange sturmreif zu schießen, bis sie deren Verstaatlichung als Rettung würde verkaufen können, um auf diesem Wege Grundsatzdebatten zu vermeiden. Es ging eher darum, den Blick des Opportunisten für die sich bietende Chance zu schärfen, diesem Paradigmenwechsel vorzugreifen und sich mit der reibungslosen Akquisition des Schluchseewerkes als beherzt zupackender industriepolitischer Visionär zu inszenieren.

Victors Ziel war es, den Minister bis zur Bundestagswahl, höchstwahrscheinlich ja aber auch darüber hinaus, bei einem eigenmächtigen und aggressiven Konsolidierungsvorhaben zu begleiten – beim Zeichnen eines neuen Koordinatensystems für die deutsche Industrielandschaft, mit dem dieser bisher unterschätzte Stratege seine historische Bedeutung würde erstreiten können. Denn es ginge ja letztlich darum, welchen Namen man nach der Ära der Deregulierung mit der Weichenstellung zurück zu einem angemessenen Maß an demokratischer Kontrolle über das Wirtschaftsgeschehen assoziieren würde.

Über die strategischen Überlegungen hinaus musste der Pitch aber auch eine schöne Geschichte erzählen, und so dichtete Victor die Sage des Schluchseewerkes vom Bau durch die Nazis bis hin zur Akquisition durch die Cojones, denn man musste ja auch Lust bekommen, etwas zu kaufen; die Sage musste also derart unterhaltsam sein, dass es den Leser reizte, in ihr eine Rolle zu spielen oder sie sogar weiterzuschreiben.

Zum Abschluss noch eine Slide zur Bewertung, auf der Victor eine Spanne zeigte, deren Mittelpunkt zur Sicherheit um 300 Millionen Euro über dem Kaufpreis angesiedelt war, den der Seniorpartner des Fonds in der vertraulichen Mail an ihn als Schmerzgrenze bezeichnet hatte. Dass die Draufgänger aus Dallas sich in einer Klemme befanden, würde Victor tunlichst für sich behalten, um nicht unnötigerweise den Ehrgeiz des Ministers anzustacheln, seine ohne Zweifel formidablen Verhandlungskünste unter Beweis zu stellen.

Er las den Pitch nochmal durch, wobei er Korrekturen vornahm und Ergänzungen einfügte, goss alles in eine Powerpoint-Vorlage, formatierte diese, druckte sie aus, las sie Korrektur, schliff seine Formulierungen, schickte die Datei an das Druckzentrum eine Etage tiefer und stellte sich dann an seine Fensterwand, um in den paar Minuten, bevor ihm das gebundene Dokument zur letzten Durchsicht geliefert werden würde, ein wenig Abstand zu gewinnen. Er lehnte sich vor, mit seiner Stirn an die Scheibe, und sein Gehirn begann automatisch, auf dem Opernplatz unter ihm ein Dutzend potentieller Zielobjekte zu tracken, wie das Feuerleitsystem einer Reaper-Drohne.

Als Jugendlicher hatte er sich auf seinem Rennrad von De Rosa oft mit überhöhter Geschwindigkeit durch die innenstädtischen Menschenmassen gefädelt, einer ihm zu eigenen analytischen Intuition vertrauend, die ihn laufend vorab darüber informiert hatte, wann sich eine Lücke schließen und wo sich im selben Moment eine andere auftun würde – als ob sein Schädel das Gehäuse einer experimentellen Radaranlage gewesen wäre.

Victor hatte damals eine Dokumentation über ein deutsches Tornado-Geschwader gesehen, das ein revolutionäres Terrainfolgeradar erprobt hatte, das den Maschinen bei jeder Wetterlage einen dem Geländeprofil angepassten Überschallflug in Baumwipfelhöhe ermöglicht hatte, und sein eigenes Radarsystem als der Avionik der Jagdbomber überlegen gesehen, da diese nicht die Kapazität besaß, auf bewegliche Hindernisse zu reagieren, geschweige denn, deren Bewegungen mit Präzision zu antizipieren.

Victors Fähigkeit, einen Datensatz in die Zukunft weiterzuhalluzinieren, hatte ihn als jungen Banker für Exzellenz in der Konstruktion abstrakter Bewertungsmodelle prädestiniert, die mit zukünftigen Cashflows operieren, die auf Annahmen beruhen, die auf instinktivem Ermessen basieren. Bezüglich der Fußgängerzonen hatte dieser Datensatz etwa Kurs, Alter, Stimmung, Status, Geschwindigkeit,

Gruppierung und Beladung aller sichtbaren Passanten umfasst, dazu Monat, Wochentag, Uhrzeit, Wetter, den Einfluss peripherer Anziehungspunkte – eines lockenden Bratwurststandes zum Beispiel – sowie Konjunkturkennzahlen und Arbeitsmarktdaten.

Nach Abnahme des Pitches blickte er auf und stellte fest, dass es die Mitarbeiterin aus dem Aufzug gewesen war, die ihm das Dokument geliefert hatte, und dass sie immer noch vor seinem Schreibtisch ausharrte. Ihr schütteres Haar hatte von der Strahlung eine aschfahle Schattierung angenommen, die mit dem bronzedurchwirkten Himmelblau ihrer Augen harmonierte. Was konnte sie von ihm wollen? OK, es war Sonntag, er war der einzige Partner hier heute. Baldur war sicher gerade Kunst sammeln, so dachte Victor. Was mochte Julia gerade machen – hatte sie einen grünen Daumen? War in diesen Tagen Erntezeit für Thai-Basilikum?

Die Grauhaarige räusperte sich. Victor lehnte sich zurück, um sie anzustarren, mit unlesbarem Gesicht, nicht aus Arroganz, sondern aus Verunsicherung: Die Wirkung ihrer Augen war derart hypnotisch, dass er seinen Blick auf ihren Haaransatz fokussierte, um sich nicht in Verlegenheit zu bringen. Das war ja wirklich schlimm mit ihren Haaren. Schon unter seinem Blick schien der Ansatz weiter zurückzuweichen, was ihrer Attraktivität aber keinen Abbruch tat, nein – es steigerte sie sogar. Die Spuren der Schlachten, dachte Victor, es war so herrlich. Am liebsten hätte er sich von ihr maßregeln lassen.

Als der Grauhaarigen klar wurde, dass von ihrem Chef nichts kommen würde, begann sie, ihr Anliegen vorzutragen: Momentan habe der Wellnessbereich auf der 31 nachts geschlossen, was in Anbetracht der Auslastung der Bank – 16 laufende Transaktionen – für die Rekruten zum Problem geworden sei. Deren durchschnittliche Schlafdauer von zwei Stunden pro Kalendertag ließe sich durch die Freigabe der Liegen am Panoramapool für nächtliches Power-Napping um etwa 30 % steigern, was zudem mit einer signifikanten Reduktion der Taxikosten einhergehen würde. Auch sei zu erwähnen, dass ein schneller Saunagang eine adäquate Schlafqualität garantiere, auf die der Organismus ja angewiesen sei, wenn die Verkürzung von dessen Rekuperationsphasen keine negativen Auswirkungen auf dessen Performance haben solle.

Weiter sei darauf hinzuweisen, dass für die Lagerinsassen kaum möglich sei, außerhalb des Silberturmes sexuelle Beziehungen zu unterhalten, was ihrer Erfahrung zufolge an der seelischen Gesundheit und somit an der Belastbarkeit nage. Die nächtliche Freigabe des Wellnessbereiches mit seinen Ruhearealen sei demnach auch in diesem Hinblick eine kostengünstige Möglichkeit, eine nachhaltige Produktivitätssteigerung zu realisieren.

Victor war fassungslos. Was hatte sich Julia denn da schon wieder für eine sinnlose Maßregel ausgedacht? Auf die Idee, eine Sperrstunde für einen Saunaclub festzulegen, musste man erst mal kommen! Der nächtliche Wellnessbereich im Credit Suisse Tower war das einzig Angenehme an seinen ersten Jahren als Banker gewesen. Seine Wohnung in Holland Park hätte er sich sparen können, denn er hatte sie in dieser Phase vielleicht drei Mal im Monat gesehen. Eine Investmentbank war eine Sklavenkolonie mit Ketten aus Bonuszahlungen, aber da wir ja nicht mehr in der Antike lebten, so sah es Victor, sollten den Sklaven in der Nacht die römischen Bäder offenstehen. Zudem waren die operativen Vorteile nicht von der Hand zu weisen.

Was war das also für eine schauerliche Lustfeindlichkeit? War Julia heimlich zum Islam übergetreten? Oder war das juristische Paranoia, die Gefahr sexueller Übergriffe und so weiter? Wie abwegig war das denn? Wie sollte es denn möglich sein, sich an *diesen* Mitarbeiterinnen zu vergehen? Er für seinen Teil war einer der Inhaber der Bank, und er traute sich noch nicht einmal, der Grauhaarigen in die Augen zu sehen. Beim Starren auf ihren Haaransatz kam Victor der Begriff *hunter-killer* in den Sinn, im angelsächsischen Marine-Sprech die Bezeichnung für eine Gattung atomgetriebener U-Boote, deren einziger Zweck es ist, andere U-Boote zu jagen und zu vernichten.

Sie brauche nur das OK eines Partners, so die Grauhaarige, dann könne sie die Zugangsbeschränkung aufheben, die Timer der Saunen neu programmieren und die Frequenz der Reinigungs- und Wartungsintervalle anpassen, und Victor nickte, stand auf, wies sie an, ihm drei Pitchbücher am nächsten Morgen auf die LH170 liefern zu lassen, und wehte davon, in Richtung der Aufzüge. Julia würde natürlich mal wieder sauer sein, aber sie war ja immer sauer auf ihn, und er würde darauf verweisen, dass bei Goldman Sachs in London gerade wieder ein Analyst an Entkräftung gestorben sei, dass er zudem der einzige Partner im Büro gewesen sei und sie an einem Sonntag nicht privat habe stören wollen.

Diese letzte Anmerkung würde Julia als unterschwellige Kritik daran empfinden, dass sie nicht hart genug arbeitete und daher auch nicht die Richtige sei, um das mit dem Wellnessbereich zu entscheiden, was sie für einen Augenblick stocken lassen würde, in den Victor dann wiederum eine unerwartete Nettigkeit platzieren könnte – gesund sehe sie aus, abgenommen habe sie –, um ihren Widerstand frühzeitig zu neutralisieren.

VIER

Valeszka hatte ihm per SMS vorgeschlagen, an diesem Tage auch eine französische Komponente in seine Massage zu integrieren, sodass Victor seine Schwellkörper fluten spürte, während er in das Büro des Ministers hineinschlenderte. Er fühlte sich wohl, er hatte einen angenehmen Muskelkater, denn am Abend zuvor war er stundenlang biken gewesen, erst auf wurzeldurchkrallten Serpentinen, dann auf mondbeschienenen Schotterpisten, hier und da einem groben Marmorquader ausweichend, der Jahrtausende zuvor Teil der Grenzlinie Hadrians zum Barbaricum gewesen war.

Dann hatte er geduscht, geschlafen, geduscht, einen Apfel gegessen und vor dem offenen Kühlschrank eine Literflasche Vollmilch geleert, bevor er zum Flughafen gefahren war. Auf 1C der LH170 hatte er dann sogar *noch* eine Stunde geschlafen, den Kopf über die Lehne nach hinten abgeknickt, im schlimmsten Falle schnarchend.

»Na mein Lieber!«, rief der Minister, denn irgendjemand hatte in den Jahren zuvor mit diesem unsäglichen »Na mein Lieber!« angefangen, und keiner wusste mehr, wer es gewesen war. Victor kam ein seltsamer Geruch entgegen, Chlor,

Ozon, Lösungsmittel – es roch wie in den billigeren Einzelzimmern teurer Hotels, die in der Nähe des Schwimmbeckens liegen.

Die Männer umarmten sich ohne Zögern. In den Sekunden seines Anlaufes hatte Victor Körpersprache und Mimik seines Widerpartes allerdings einer simultanen Multi-Parameter-Analyse unterzogen, um sicherzugehen, dass er mit seinem Vorstoß nicht ins Leere laufen würde. Zudem hatte er dabei automatisch eine um etwa 30 Grad verdrehte Haltung eingenommen, um den Minister nicht mit der Beule in seiner Zegna-Hose zu streifen.

In kumpelhafter Manier schlugen sie sich gegenseitig auf den Rücken, allerdings nicht mit vollem Gusto, sondern so, als stünde diese vertraute Geste noch in Anführungszeichen. Und dann zuckten die Männer zusammen, als plötzlich ein metallenes Hämmern einsetzte, im Schock stießen sie sich ab voneinander. Der Minister krümmte sich, er griff sich an die Brust und bellte: »Aufhören, abtreten, Zigarettenpause, jetzt raus hier, Leute!« Drei Handwerker in Blaumännern ließen ihre Werkzeuge sinken, um sich müden Fußes zum Rauchen in die Marmorgalerie zurückzuziehen.

Sie waren mit der Montage einer verchromten Maschine von der Größe eines Standardcontainers beschäftigt, die Victor an eine aufgebockte Dampflokomotive erinnerte. Ja, seufzte der Minister, die neue Espressomaschine. Eine San Marco Commendatore, das Spitzenmodell des venezianischen Premiumbetriebes, das von Hand in Tagliamento gefertigt werde, unweit der Stelle, an der Hemingway immer seine Enten geschossen habe. In Anbetracht der schwarzen Null habe er sich erlaubt, zumindest beim Espresso mal ein Upgrade durchzuführen.

Victor vollzog einen schnellen Scan der etwa acht Meter hohen Bürohalle, an deren Flanke eine grünsamtene Sitzgruppe zu sehen war, die Möbel in schwere Holzrahmen gefasst, die mit den groben Beistelltischen korrespondierten, auf denen steinerne Aschenbecher standen und über denen pergamentene Lampenschirme Staub sammelten – für einen Menschen mit »italienischer Seele«, wie der Minister sich im Gespräch mit dem *Handelsblatt* bezeichnet hatte, musste all dies eine kaum erträgliche Folter sein.

Immerhin zeigte die Tapisserie hinter seinem Schreibtisch ein venezianisches Motiv: In einer Werkhalle an der Lagune war darauf ein traditioneller Glasbläser zu sehen, der ein dünnes Eisenrohr an den Lippen hatte, an dessen anderem Ende er eine blaue Vase über glühenden Kohlen drehte. Dem Künstler war offenbar ein Webfehler unterlaufen, da der Maestro nicht zu blasen, sondern zu inhalieren schien.

Er habe Victor seine San Marco unbedingt vorführen wollen, sagte der Minister, aber wie zu erwarten seien den deutschen Facharbeitern aus der italienischen Montageanleitung gewisse Schwierigkeiten entstanden. Er habe sie gepeitscht, er habe sie Nachtschichten kloppen lassen, da kenne er nichts, da sei er unerbittlich, sagte der Minister. Aber wie zu erwarten sei den Männern der *spirito* der Maschine fremd geblieben.

Der Germane könne alles Mögliche konstruieren, vom Marschflugkörper bis zum Tunnelbohrer, aber sobald es darum gehe, einer Maschine Geist einzuhauchen – wenn es nicht gerade ein Dämon sein solle –, dann sei er mit seinem Latein am Ende. Er könne ihm also keinen Kaffee anbieten, sodass ihnen nichts anderes übrigbleiben würde, als – oh nein, dachte Victor, um 9 Uhr 16 – erst mal einen schönen Weißwein zu trinken.

Ombra!, proklamierte der Minister, das heiße Schatten auf Italienisch. So nenne man diese kleinen Gläser, die sich Venezianer schon morgens genehmigten, die kühlen Soavi – er meinte den venezianischen Tischwein mit der charakteristischen Bittermandelnote, den Soave, folgerte Victor, und benutzte den Plural analog zu Espressi oder Prosecchi, wie man ihn in deutschen Backstuben oder Einkaufspassagen aufschnappen konnte –, die man in Venedig im Morgennebel trinke, um sich für den Tag zu stählen, um sein Gemüt aufzuhellen oder aber um einen ersten Bissen marinierter Sardinen hinunterzuspülen, am Rialto-Fischmarkt zum Beispiel, an dieser kleinen Theke – wie heiße diese doch gleich?

Da Sardina, sagte Victor, obwohl er keine Ahnung hatte, wie sich die Theke nannte oder ob sie überhaupt existierte, ja, ob der Minister sie nicht spontan erfunden hatte, um der Entfaltung seines venezianischen Stimmungsbildes zu dienen. Ohnehin sei die Sardine einer seiner absoluten Lieblingsfische, denn die Sardine sei noch ein authentischer Fisch, kein affiger Luxusfisch, sondern ein ehrlicher Arbeiterfisch, so Victor weiter, die Art Fisch, die sich ein Fischer zubereiten würde.

Im Ausschnitt eines Fensterbogens auf der Tapisserie war der Kopf eines vorbeigleitenden Gondoliere zu sehen, durch dessen Gesicht der Schädel zu schimmern schien, während sein ebenso lückenhaftes wie kariöses Gebiss im Hinblick auf die Zahnhygiene im – Victor schätzte – 17. Jahrhundert einen geradezu visionären Realismus zeigte.

Wie recht er doch habe, sagte der Minister. Auch er sei ein Freund des Einfachen, des Echten – wilder Fenchel, grober Pfeffer, gutes Olivenöl, herrlich –, aber manchmal dürfe es schon auch Sterneküche sein. Dieses Nebeneinander, diese Dialektik des scheinbar Profanen mit dem Feinen, des Soliden mit dem Frivolen, das sei für ihn die Voluptas, was auf Lateinisch Lebensgefühl heiße. Die richtige Balance in dieser Hinsicht sei natürlich auch eine Frage der Haltung, so der Minister weiter, man müsse es vermögen, an beiden Polen des Spektrums eine *bella figura* zu machen. Ja, man müsse eine gewisse Strozzapreti ausstrahlen, um sich als Deutscher in Venedig nicht augenblicklich der Lächerlichkeit preiszugeben.

Der Minister hatte wohl die *sprezzatura* gemeint, ein entsetzliches Konzept, das von Matteo Thun stammen könnte – die Kunst der Lässigkeit, das Handwerk der Leichtigkeit, etwas in dieser Richtung; in Mokassins über die Piazza tänzeln und allen Herausforderungen mit einem Schmunzeln entgegensehen. Denn bei Strozzapreti handelte es sich um eine Nudelsorte, um eine Spielart der

Cavatelli, die vor allem in der Emilia-Romagna verbreitet war.

Die Männer musterten einander. Victor hatte eine gesunde Gesichtsfarbe, noch als Nachwirkung der paar Tage auf den Bermudas vor nicht ganz drei Wochen. Der Minister hatte violette Augen, die aus seinem Gesicht hervorquollen, und Victor fragte ihn, ob er übermüdet sei, ob er überarbeitet sei, ob er ihm zum Support ein Generalisten-Team der Birken Bank zur Verfügung stellen solle, erst mal aufs Haus und natürlich vertraulicherweise. Ein Anruf und seine Leute wären am Nachmittag schon im Regent installiert.

Der Minister starrte ihn an, wie benommen; die violetten Adern schienen bis in seine Iriden vorzudringen, die infolge einer plötzlichen Zunahme an Tränenflüssigkeit zu schimmern begannen; aber dann fing er sich wieder. Aus Erfahrung wusste Victor, dass er gerade ein Mandat gewonnen hatte, obwohl anzunehmen war, dass die betreffende Transaktion in diesem Meeting gar nicht zur Sprache kommen würde. Hinter seinem Gesicht verbuchte er den Auftrag schon mal, ohne jede Regung – war ihm das wirklich so egal mittlerweile? Es schien so, und das war nur folgerichtig, denn Victor war frei; er hatte nichts mehr zu beweisen, er hatte auch nichts zu verlieren, denn er hing ja nicht an dieser Tätigkeit, mit der er schon ein so hohes Maß seiner Lebenszeit vergeudet hatte. Wenn er daran dachte, dass der Ladestand seines Daseins-Akkus bereits unter die

Schwelle von 50% gesunken war, musste er jedes Mal eine Panikattacke niederringen.

Der Minister hakte sich ein, um Victor über einen Perserteppich von der Größe eines Tennisplatzes in Richtung der waldesgrünen Sitzgruppe zu führen. Die Arbeit sei nicht das Problem, begann er, bei Männern ihres Schlages sei die Arbeit ja nie das Problem. Er habe ganz andere Sorgen, er habe das Gefühl, den Boden unter den Füßen zu verlieren. Ganz konkret: Wenn er hier auf dem Isfahan in der Nacht seine nervösen Runden drehe, sehe er eine skelettierte Hand zum Fenster hereinkommen, um den Teppich unter ihm wegzureißen.

In seiner Partei gelte er als Seismograph für kommende Wahlen, und diesmal spüre er, dass die Union verlieren werde. Nicht gegen die Sozialdemokraten, nicht gegen irgendwelche Playmobil-Nazis, sondern gegen – na, wie nenne man diesen? Im M&A-Geschäft, wenn die Übernahme schon besiegelt scheine, und im letzten Moment komme einer mit der besseren Offerte um die Ecke – wie nenne man diesen? Den Weißen Ritter, sagte Victor. Ja genau, den Weißen Ritter. Es sei ja schon der Donner der rasenden Hufe zu hören.

Und so beschäftige ihn derzeit primär seine Zukunftsplanung, sagte der Minister. Nach den Mehrzweckhallen, den Kommissionen, den Fußgängerzonen, den Arbeitskreisen, nach den Hektolitern Orangensaft aus Orangensaftkonzentrat, nach den Tausenden von Bifis, die er gegessen habe, wolle er nun versuchen, endlich mal er selbst zu sein.

Er wolle nicht lügen, er wolle sich verbessern, er wolle sich *entwickeln*, wenn Victor wisse, was er meine. Er habe sich vorgenommen, einfach mal auf seine Bedürfnisse zu hören, auch dann, wenn er sie als peinlich empfinde, als primitiv möglicherweise sogar.

Denn solle er ihm etwas verraten? Bitte, bitte, nur zu, mein Lieber, sagte Victor. Er habe einen unkeuschen Traum, ein schmutziges Geheimnis, seit vielen Jahren, sagte der Minister. Er wolle ... Er wolle ... Nein, unmöglich, das könne er nicht verraten. Oder doch, scheiß drauf: Er wolle ... – Ja was denn jetzt?, fragte Victor. Nein, das gehe nicht, das müsse er für sich behalten, sagte der Minister, wobei er stehen blieb, sodass auch Victor anhalten musste.

Der Minister bediente sich hier einer typischen Verhaltensweise derer, die es gewohnt sind, zu jeder Zeit von einem Stab aus Lakaien umgeben zu sein. Es war vor allem eine Geste der Vorstandsvorsitzenden, die in der Regel die Eigenheit besaßen, einerseits im Gehen zu monologisieren und andererseits vor jeder Pointe stehen zu bleiben, woraufhin der Stab sich dann jedes Mal innerhalb von Sekunden als halbkreisförmiges Publikum arrangierte.

Der Vorgang musste allerdings unbewusst erfolgen, um seine irritierende Erhabenheit nicht zu verlieren. Ja, er lebte von einer tief verinnerlichten, geradezu kindlichen Selbstherrlichkeit. Diese Neigung musste organisch entstehen, was hier offensichtlich nicht der Fall gewesen war: Victor witterte sogar, dass der Minister die Geste an diesem Tag zum ersten Mal ausprobierte, von seinem Bedürfnis getrieben, auf subtile Weise seinen protokollarisch höheren Status zu etablieren.

Nicht etwa, dass für ihn in Frage kam, den Minister bloßzustellen, denn er war an diesem Morgen ja vornehmlich deshalb nach Berlin geflogen, um dessen Selbstwertgefühl zu stärken, was Victor als integralen Bestandteil seiner Dienstleistung betrachtete. Er war hier, um dem Kunden das zu geben, was dieser wollte, und der Minister wollte sich jetzt hier im Stehen noch ein paarmal bitten lassen, um dann feierlich seine Pointe auf den Tisch zu legen.

Moment mal, sagte Victor also, der Commendatore müsse jetzt schon klar Tisch machen mit seinem schmutzigen Geheimnis. Das sei zu sehr aufgebaut worden. Nein, Verzeihung, ausgeschlossen, sagte der Minister, er traue sich nicht einmal, es in Worte zu fassen. Aber doch, mein Lieber, donnerte Victor, denn ein deutscher Minister habe keine Angst, vor niemandem! Außerdem könne er ihn nicht so auf die Folter spannen, das verstoße gegen die Europäische Menschenrechtskonvention. Mein Gott, sei das peinlich, sagte der Minister, aber gut, OK, also: Er wolle ... Er wolle ... – Jetzt raus mit der Sprache!

»Ich will einen Ferrari fahren.«

»Einen Ferrari – wirklich?«

»Ja, schon seit Kindheitstagen.«

»Ich weiß nicht, mein Lieber.«

»Das ist pervers, natürlich.«

»Ich bin da leider skeptisch.«

»Ja, verstehe.«

»Und eher als Gran Turismo oder so richtig mit Motorsport?«

»Nein, nein, keinen Mittelmotor, keine Track-Version, nix *Competizione*, um Gottes willen!«

»Ja welchen denn dann?«

»Den 812.«

»Kostet der nicht 'ne halbe Million?«

»Na ja, nicht ganz, aber: Ich bin der *deutsche Finanzminister*. Ich werde ja wohl ein gewisses Verdienstpotential aufweisen nach meiner Amtszeit? Ich meine, Sie fahren ja sicher auch keinen Dacia.«

»Einen Dacia?«

»Ha! Sie wissen nicht mal, was das ist!«

»Doch, klar, das war ein Scherz – Dacia: der karge Rumäne für kühle Rechner.«

»Der 812 ist einfach ein Business-Tool, ein schneller Reisewagen – OK, mit 800 PS, aber auch mit einem größeren Kofferraum als die C-Klasse.«

»Und, schon Probe gefahren?«

»Ich bitte Sie – in Deutschland? Ausgeschlossen! Völlig unmöglich. Ich will ja nicht für den Inhaber eines Erotikcenters gehalten werden, für einen Wurstfabrikanten auf dem Weg nach Kampen oder irgend sowas. Ferrarifahren? Das geht nur in Italien.«

In Mailand könne jeder Steuerrechtler einen Ferrari fahren, jeder Oberarzt oder Abteilungsleiter, ohne gleich als ungebildeter Prolet dazustehen. Ein Ferrari sei dort lediglich ein einheimisches Spitzenprodukt, wie in Deutschland ein Miele-Waschtrockner oder ein Bulthaup-Dampfgarer oder ein SIG Sauer-Sturmgewehr. Er wolle genau zwei Dinge: Nach Italien ziehen und einen 812 in Blau mit beigem Leder, und vielleicht ergebe sich das ja noch in diesem Leben. Er spreche im Übrigen fließend Italienisch – habe er das erwähnt? Nach seiner Amtszeit könne er für die Birken Bank doch ein Office in Mailand hochziehen, sagte der Minister, und dann lachte er viel zu laut, während er nervös seine Fingerknochen knetete.

Der nun folgende Vorgang entsprach den gesellschaftlichen Gepflogenheiten in diesen Jahren, in denen deutsche Notenbanker entspannt zu Lazard wechseln konnten, um dort ihre »Erfahrung in der Lösung komplexer Probleme an der Schnittstelle von Politik und Wirtschaft« einzubringen.

Moment mal, murmelte Victor, Augenblick mal: Das sei doch gar nicht so abwegig. Mal Spaß beiseite – er spreche fließend Italienisch? Na klar, so der Minister, er habe zwei Semester in Rom studiert vor seinem Staatsexamen. Das sei sogar eine hervorragende Idee, lachte Victor: Betulle Banco oder Banco di Betulle, in beiden Fällen *molto bene*.

Und es war tatsächlich eine hervorragende Idee, da ein ehemaliger deutscher Finanzminister, der mit einem Ferrari durch Mailand fuhr, natürlich bestens ankommen würde bei ihrer dortigen Zielgruppe – nicht nur den Vorständen italienischer Konzerne, sondern auch den wohlhabenden Familien, die damals reihenweise ihre Unternehmen verkaufen mussten, um ihren aus dem Ruder laufenden Lebensstil zu finanzieren. Der Minister würde Kontakte herstellen, Beziehungen pflegen und Strozzapreti ausstrahlen, und alles Weitere würden Victor und vor allem Baldur übernehmen.

Victor setzte sich jetzt wieder in Bewegung, da er endlich Platz nehmen wollte, da er langsam einen *ombra* brauchte, aber schon auch, um dem Kippschalter Rechnung zu tragen, den der Minister in ihrer Beziehung nun umgelegt hatte. Hervorragend, wiederholte er. Italien sei im vergangenen Jahr der größte M&A-Markt in Europa gewesen, vor Frankreich, vor Großbritannien, vor Deutschland sogar. Mit den internationalen Investoren sei es dort gerade wie mit den Touristen auf den riesigen Kreuzfahrtschiffen, deren Bugwellen die Lagunenstadt in den Untergang trieben – sie könnten nicht genug kriegen, und in der Regel merkten sie nicht, wenn die Fischbrühe für ihr Risotto mit Pangasius-Karkassen aus Zucht in Madagaskar aufgesetzt worden war.

In diesem Bereich sei die Birken Bank gut im Geschäft, aber was fehle, seien Mandate auf der italienischen Seite – Campari zum Beispiel, die Campari-Gruppe habe gerade Grand Marnier übernommen, für 700 Millionen, mit den braven Abstinenzlern von der Deutschen Bank, das habe ihn geärgert; die Birken Bank sei für diese Transaktion doch eindeutig der näherliegende Berater gewesen. In jedem Fall schlummere in Italien ein riesiges Potential, das zu heben für alle Beteiligten ausgesprochen lukrativ sein werde.

Das Einzige sei: Man müsse zusammenpassen, klarerweise. Man müsse sich also besser kennenlernen, aber dazu bliebe ja genügend Zeit in den kommenden Monaten. Er habe ihm einen Pitch mitgebracht – Jaja, er sei gespannt, sagte der Minister, er werde sicher bald Zeit haben, einen Blick darauf zu werfen. Vor allem müsse man einen schönen Termin vereinbaren, für nach der Wahl, sagte Victor, für – man wolle es doch so nennen: *Das italienische Meeting*. Da könne man sich dann Zeit nehmen, alles ausführlich zu skizzieren.

Und jetzt blieb er wieder stehen, sodass auch der Minister anhalten musste, da die beiden immer noch eingehakt waren. Venedig, Anfang Dezember, schnarrte Victor, die Lagunenstadt sei magisch vor Weihnachten. Der Duft der Maronen im Nebel. Ein Vaporetto zum Markusplatz, dann die paar Schritte zu Harry's Bar, über Planken, über die Fluten, in Kamelhaarmänteln, auf ein spätes Lunch, das sich bis in den Abend hinein erstrecken werde. Erst trockene Martinis und dann Soave und Granseola – die Lagunenkrabbe, die kenne Freund Minister ja sicher, das sei die mit den langen Beinen, mit dem feinen Aroma. Wenn es eine Bewohnerin von Venedig gebe, die Strozzapreti für sich beanspruchen könne, dann sei es die Granseola, sagte Victor, die Contessa unter den Schalentieren. Erst gerade im Februar habe er sie bei der Entenjagd im klaren Wasser über die grauen Felsen geistern sehen.

FÜNF

Als Valeszka seine Erektion sah, wurde sie verlegen. Da müsse er sich noch ein wenig gedulden, sagte sie. Victors Eichel ragte wie der Köder eines Anglerfisches hinaus in das Behandlungszimmer. Das Sexuelle, sagte Valeszka, sei nicht der eigentliche Sinn und Kern der taoistischen Massage. Es handele sich dabei um ein ganzheitliches Ritual, das seine negativen Energien sublimieren solle, um ihm zu ermöglichen, als freier Schöpfer seines eigenen Seins aktiv zu werden. Sein Lingam sei dabei nur als energetischer Fluchtpunkt zu verstehen, sodass die Jadeflöte der Überlieferung zufolge erst am Ende der Entspannungskaskade geblasen werde. Zu Beginn würde es erst einmal darum gehen, seine Chakren zu kanalisieren.

Er könne sich nichts Heilsameres vorstellen, als sich diesem Ritual wirklich zu öffnen, sagte Victor, aber er fühle sich dazu nicht in der Lage. Er habe das Gefühl, dass er ein Schiffbrüchiger sei, Tausende Seemeilen von Land entfernt, der sich am Treibgut eben noch so lange festhalten, bis ihn seine Kraft verlassen würde. Abgesehen davon: Wie solle er sich in diesem Zustand bitte auf den Bauch legen? Victor fragte, ob das Protokoll hier bindend sei oder ob die Möglichkeit bestehe, flexibel zu agieren. Er fragte, ob das Beharren auf Dogmen überhaupt noch als zeitgemäß zu bezeichnen sei, und als er ihren Widerstand ebben spürte, lupfte er seinen Hintern hoch auf die frotteebespannte Massageliege.

Sein steifer Penis wippte nach wie das Sprungbrett über dem Schwimmbecken in seinem Garten. Valeszka seufzte, band sich einen Pferdeschwanz, sie nahm auf einem Hocker Platz, so einem Hocker auf Rollen, wie ihn Zahnärzte verwenden, fuhr an Victor heran und betätigte den Hebel des Luftzylinders, um sich vor ihm hinabsinken zu lassen. Dann ließ sie seine Eichel langsam zwischen ihre warmen Lippen hineingleiten. Schockwellen durchzuckten seinen Körper. Er fühlte sich angenommen, für einen Augenblick nur, akzeptiert, so wie er war, obwohl Valeszka nicht wissen konnte, wie er war, er hatte ja selber keine genaue Vorstellung.

Victor konnte sein Glück kaum fassen, denn das passierte einem ja nicht in Wirklichkeit, zumindest nicht in einem Hotel-Spa. Das war eher eine Fantasie, die man sich ausmalte, wenn man dort heimlich in einer milchverglasten Duschkabine masturbierte. Es konnte in seinem Fall eigentlich nicht mehr mit rechten Dingen zugehen. Allein dieses Meeting heute wieder: Keine Viertelstunde, nachdem er sich verabschiedet hatte, auf seinem Weg über die Wilhelmstraße in Richtung Holocaust-Mahnmal, hatte der

Minister ihm per SMS schon die Mandatierung der Birken Bank bestätigt: Der anregende Vormittag habe ihm für seine Woche Auftrieb gegeben. *Ombra!*, könne er nur sagen. Er habe den Pitch überflogen, die Transaktion mache eminent Sinn, Victor möge ihm eine Honorarvereinbarung zuschicken; nach etwaigen Nachjustierungen könne man gleich loslegen.

Dass man bekam, was man verdient hatte, hielt Victor für eine lachhafte Vorstellung. Wegen irgendeiner Idee, die ihm nach einer Flasche Wein zugeflogen war, würde er jetzt mal wieder in Gold aufgewogen werden. Er hätte auch in einer sterbenden Kleinstadt geboren werden können, in der ehemaligen Zone, irgendwo im Crystal-Meth-Niemandsland an der Grenze zu Tschechien, in einem Waisenhaus neben einer Mülldeponie. Dann wäre er jetzt möglicherweise ein berufsunfähiger Busfahrer, mit einer hässlichen Narbe auf einer Wange und seiner Nase, da ihm vor der Dönerbude ein betrunkener Skinhead ohne Grund einmal eine Flasche Wodka Gorbatschow in sein Gesicht gerammt hätte.

Sein eigenes Glück schmieden – was für ein verlogenes Bild. Man konnte sich unter Druck setzen, sich dazu zwingen, in seinem spezifischen Wettbewerb zu den Siegern zu gehören. Aber es kam immer darauf an, von wo man ins Rennen ging und in welches Rennen. Er selbst zum Beispiel hatte frei wählen können, nach einem Studium an der London School of Economics, das nur möglich gewesen war, da auch sein Vater dort studiert hatte, wie schon dessen Vater vor diesem – was wiederum nur möglich gewesen war, da Victors Urgroßvater, ein Berliner Theaterschauspieler, in einer Nacktbar in der Giesebrechtstraße im Jahr 1928 bei einem ersten Bier am Sonntagvormittag zufällig mit dem damaligen Dekan der LSE ins Gespräch gekommen war, einem gewissen Sir Nigel Twitt, der am Abend zuvor an der Humboldt einen Vortrag über die Implikationen der Weltwirtschaftskrise für die makroökonomische Lehre gehalten hatte.

Herr des eigenen Schicksals zu sein, das war nicht mehr als eine leere Phrase. Denn wer sollte das sein, dieser Herr? Man strebte ja nicht als unbeschriebenes Blatt in sein Erwerbsleben, sondern eher als urzeitliches Intarsienparkett, als mit einem Zufallsgenerator gestaltetes Mosaik. Der Mensch war archaischen Impulsstrukturen unterworfen, unbewussten Verhaltensmustern, obsessiven Zwängen sowie im Falle des Deutschen der epigenetischen Täter- oder Mitläuferprägung infolge des Völkermordes an den Juden, sodass die Idee selbstbestimmten Handelns tatsächlich nur als Wahnvorstellung zu bezeichnen war.

Er hätte auch als Bauernmädchen im Panjshir-Tal geboren werden können, das mit neun Jahren, obwohl es sich auf eigene Faust und nur anhand des Korans Lesen und Schreiben beigebracht gehabt hätte, mit einem hartherzigen 83-jährigen Hammelhirten verheiratet worden wäre. In der *Zeit* hatte Victor gelesen, dass unser späterer Verdienst zu etwa 50 % durch unser Geburtsland bestimmt werde, unabhängig von der individuellen Leistungsfähigkeit. Er hätte auch am Ufer des Amazonas geboren werden können, wo der Schamane seines Stammes die Schreie seiner Mutter mit dem schläfrigen Rhythmus einer Trommel unterlegt hätte – wäre er auch in diesem Fall zum Inhaber einer Investmentbank avanciert?

Später in seiner Suite riss er die Fenster auf und ließ sich in den Chefsessel fallen. Der Schreibtisch bot einen Blick über den Tiergarten hinweg bis zum Funkturm im alten Westen, der den Piloten der Rosinenbomber während der Blockade durch die Russen als Leitfeuer gedient hatte.

Er verspürte den Zwang, sein inneres Stimmengewirr festzuhalten. Nicht als Küchenphilosophie, nicht als *Versuch über das Glück*, oder *den Zufall*, nein: Das war ihm zu esoterisch. Es reizte ihn vielmehr, seine Eingebung politisch zu umkreisen, in der Form eines Strategiepapiers oder eines Pitches oder einer populistischen Rede, möglicherweise.

Während sein Rechner hochfuhr, trommelte er abwesend auf der ledernen Schreibunterlage. Seine Augen wanderten über die Fassaden des Pariser Platzes, der ihm als preiswerte Neubausiedlung erschien, die ein Immobilienentwickler innerhalb von drei Wochen auf einem historischen Friedhof aus dem Boden gestampft hatte. Auch der Tiergarten war ja ein reines Nachkriegsphänomen. Denn die Bombennächte hatten vom kaiserlichen Lustwäldchen nur eine Kraterwüste übriggelassen, deren verbliebene Bäume im Hungerwinter nach der Kapitulation abgeholzt worden waren, um die Verschläge der Trümmerbürger zu heizen.

Während seiner Schulzeit hatte vor dem Brandenburger Tor dann der Stalinrasen gelegen – stählerne Gitterstrukturen nach dem Schema eines Fakirbrettes, auf dessen Dornen die Republikflüchtlinge an ihren Stichwunden verendet waren, während die Mauerschützen in den Wachtürmen versucht hatten, ihre klammheimliche Freude zu unterdrücken, um jeden Gedanken an ihre innere Abstumpfung zu vermeiden. Aber pro Zwischenfall hatte es nun mal eine attraktive Prämie gegeben, meist eine Zuteilung von Konserven – Schnecken, Dorschleber, solche feinen Dinge.

Beim Anblick der Obstschale auf dem Schreibtisch wurde ihm klar, dass er seit dem Apfel am Morgen nichts mehr gegessen hatte, und er bestellte beim Roomservice eine Pekingente für Zwei für sich allein und eine Flasche Richebourg für 2400 Euro, was natürlich albern war, aber der Preis einer Weinflasche spielte keine Rolle in Victors Leben. Nie zuvor war ihm so präsent gewesen, dass seine Privilegien nicht zu rechtfertigen waren. Dass sie allein darauf basierten, dass als Folge einer Reihe aus Zufällen ein System entstanden war, in dem die Tätigkeit als M&A-Berater höher vergütet wurde als etwa das Blasen oder das Schreiben oder die Unterwasser-Korbflechterei.

Es war ein altes System, das durch zu viele Hände gegangen war, das immer wieder repariert und modifiziert worden war und nach den Tuningmaßnahmen durch den

Neoliberalismus nicht mehr als Volkswagen, sondern als Zuhälter-Mercedes mit Diffusor und Flügeltüren daherkam.

Victor bezog sich auf den Neoliberalismus im umgangssprachlichen Sinne, also auf die radikale Heilslehre von der Entsolidarisierung, die in den letzten zwei Jahrzehnten lustvoll einen tiefen Keil in die Gesellschaften des Westens getrieben hatte. Auch in Deutschland konnte vom egalitären Ideal Ludwig Erhards keine Rede mehr sein. Dem Makro-Modell der Birken Bank zufolge hielt das reichste Prozent der Deutschen den größeren Teil des nationalen Vermögens, während die Bürger der ärmeren Hälfte gar nichts besaßen, nur die in Bangladesch hergestellten Kleider auf ihren Rücken.

Die niedrigen Bildungsausgaben der Proletarier verhinderten einen fairen Wettbewerb der Kinder untereinander, was zu einer Verschwendung von Talenten und einem Rückgang der allgemeinen Kompetenzen führte, der den Kollegen im Research von JP Morgan zufolge nicht nur fatale Auswirkungen auf das Wachstum der deutschen Wirtschaft haben würde, sondern auch als Hinweis auf die drohende Degeneration einer Bevölkerung zu verstehen sei.

Aber natürlich gab es immer noch Hardliner im neoliberalen Lager, die nicht einmal gelten lassen wollten, dass eine gespaltene Gesellschaft als etwas Negatives zu bewerten sei. Die Strahlkraft des Wohlstandes der wenigen setze vielmehr essentielle Anreize für die Mehrheit, Kampfesmut und Erfindungsgeist zu beweisen, um die Misere der Mittelklasse endlich hinter sich zu lassen und mit ihrer dann ja obszönen Steuerlast die Gesellschaft als Ganzes voranzutreiben.

Anstatt mit Gleichmacherei à la Honecker das Schwache zu idealisieren, wären die Deutschen besser beraten, auf ihre organische Entwicklung zu vertrauen, auf einen Prozess der natürlichen Auslese. Wenn man es wirklich ernst meine mit der Stärkung der sozialen Durchlässigkeit, müsse man aufhören, mit Almosen die Eigeninitiative der Armen zu lähmen, und stattdessen das raue soziale Klima schaffen, in dem der eiserne Siegeswille der Leistungsstarken gedeihe.

Dieser Haltung lag insgeheim die Überzeugung zugrunde, dass die Mehrheit der Deutschen es verdient hatte, arm zu sein. Um gerechte Verhältnisse zu schaffen, müsse man nicht umverteilen, denn Gerechtigkeit entstünde von ganz allein. Das sei der Lauf der Dinge. Man müsse sich nur mal einige der Physiognomien ansehen. Damit es Reiche geben könne, müsse es auch Arme geben. Damit es Gewinner geben könne, müsse es auch Verlierer geben.

Das Ziel jeder konsequenten Deregulierung war ein präzivilisatorischer Urzustand, in dem das Recht des Stärkeren herrschen würde, als der sich ein hedonistischer Geschmacksbürger aber nur so lange würde fühlen können, bis er durch seinen Türspion einen Feldchirurgen der Abteilung *organ trading* der Goldman Sachs Security Services erblicken würde, dessen variable Vergütung an die Erfüllung einer ambitionierten Augen- und Hodenquote gekoppelt wäre.

Victor war sich immer noch nicht im Klaren darüber, warum soziale Verwerfungen in ihm solche Aggressionen triggerten. Möglicherweise lag seine Haltung darin begründet, dass er das Land seiner Kindheit nicht mehr wiedererkannte. Das begann mit dem, was man auf den Straßen sah, also mit diesen Ludenmobilen, mit denen die Daimler AG seine Heimat geflutet hatte.

In einer Spoiler-Rakete mit brüllendem Rennmotor durch die Innenstadt zu jagen – ein solches Gebaren war in Victors Jugend noch der Halbwelt vorbehalten gewesen. Wenn man sich damals das Spitzenmodell bestellt hatte, einen 560 SEL, der weniger PS hatte als das aktuelle Einstiegsmodell der S-Klasse, hatte man grundsätzlich die kostenlose Option »Wegfall Typenbezeichnung« angekreuzt, um nicht in den Ruch zu geraten, es nötig zu haben, infolge penikulärer Defizite möglicherweise, sich mit etwas so Profanem wie der Motorisierung seines Fahrzeuges zu profilieren.

Aber mittlerweile montierte Mercedes ja in silbernen Großbuchstaben den Begriff BITURBO an die Flanken seiner Bollerwagen, deren Käufer es sich nicht nehmen ließen, an jeder Ampel Vollgas zu geben, bis sich die Strömungsklappen ihrer Auspuffanlagen öffneten und ihre Umgebung unter infernalischem Maschinenlärm erzitterte, den sie infolge ekstatischer Zwischengasschübe ihrer Halbbildung als »symphonischen Klangteppich« wahrnahmen.

Diesen Kick hatten sie sich verdient, verdammt noch

mal, mit der Fußballtröten-App, dem Handyschrott-Business, den Windparksubventionen oder der Gründung der Discount-Modemarke »Banglastyle«, die von bengalischen Kindern Hoodies kleben ließ, auf denen debile Claims wie POWER SPIRIT 3000 – COSMIC DESIRE zu lesen waren.

Was sich aber ebenso stark verändert hatte wie die Qualität der Oberschicht, war die Stimmung auf der anderen Seite des Grabens. Der Verlust ihrer Gewissheiten hatte die Deutschen in eine kollektive Angststörung getrieben, so sah es Victor, deren Fokus sich in diesen Jahren unkontrolliert ausweitete.

Sie hatten Angst vor der Steuerprüfung, vor der Schuldenfalle, vor der erektilen Dysfunktion beziehungsweise vor der Scheidentrockenheit. Sie hatten Angst vor den dunklen Augen der Afghanen oder Libyer oder Iraker oder Syrer oder wer all diese Leute eben waren. Sie hatten Angst vor dem betrügerischen Glied in ihrer Lieferkette, das die Kontrollen der Discounter aushebeln würde, um moldawisches Eselhack in ihre Bouletten zu schustern.

Die Deutschen hatten Angst vor dem großen monatlichen Meeting, das sich immer darum drehte, dass die Abteilung sich weiter den Anforderungen des sich wandelnden Marktumfeldes würde anpassen müssen, dass aktuell aber kein Anlass zur Sorge bestünde, da momentan keine Pläne existierten, die Abteilung abzuwickeln oder mit Hilfe von M&A-Beratern an einen Private-Equity-Fonds weiterzureichen.

In den Seelen der Mehrheit der Deutschen kursierte eine finstere Energie, die auf der Suche nach einem Fluchtpunkt von Ventil zu Ventil marodierte. Zu Victors Ehrenrettung ist anzumerken, dass er sich nicht etwa einbildete, einen besonderen Zugang zur Mehrheit zu haben, im Gegenteil: Sein Gefühl basierte allein auf dem Weiterspinnen der Datenmenge, die aus seinem ständigen Zeitungskonsum resultierte.

Es musste ein Jahr oder sogar länger her gewesen sein, dass er mit der Mehrheit überhaupt in Kontakt getreten war: An einem Freitagnachmittag hatte er sich auf den Weg zu Media Markt gemacht, um ein Waffeleisen und ein Rührgerät zu kaufen, da Victoria sich für das Wochenende Waffeln mit Schlagsahne gewünscht hatte. Er war durch die Goethestraße auf die Hauptwache gelaufen, ohne besondere Vorkommnisse, bis er auf der Zeil dann offenbar eine unsichtbare Sphärengrenze durchstoßen hatte, hinein in die Terra incognita mittelalterlicher Seekarten.

Die Menschen dort waren ihm als Fabelwesen erschienen: Sie waren bunt gewesen, sie waren laut gewesen, sie waren tätowiert gewesen, sogar in den Gesichtern. Sie hatten diniert im Gehen, auf dem Weg in die S-Bahnen, in die Trabantenstädte; zwei der Wesen hatten sich einen Pappeimer Fried Chicken geteilt, was erst zu einem Austausch von unverständlichen Gereiztheiten und dann zu einem Handgemenge geführt hatte.

Die Mehrheit hatte Tüten der Firma Banglastyle getragen, deren Erfolgsgeschichte ihm sein Partner Baldur erzählt hatte: Durch den Einsatz von Kindern in Arbeitslagern in Bangladesch sei es den Strategen von Banglastyle möglich, alle Produkte, sogar die flammbaren Polyesterpelzmäntel, für nur einen Euro anzubieten, was in Deutschland zu einer nachhaltigen Demokratisierung des Konsums geführt habe. Die idealistischen Founder von Banglastyle hätten der Mehrheit ermöglichen wollen, trotz Armut regelmäßig shoppen zu gehen, um auf diesem Wege deren gesellschaftliche Teilhabe zu gewährleisten.

Das Item der Season war offenbar die Po-lose Hose gewesen, vor allem bei Teenagern, deren Gesäßbacken im Rhythmus der Stresstechno-Beschallung gezuckt hatten. Bei einem Teil der älteren Frauen hingegen war ein Look des falschen Wohlstandes populär gewesen, des imaginären Angekommen-Seins – der Style von Frauen aus der *Bunten*, die einen adeligen Schmuckdesigner geheiratet hatten und ihr ibizenkisches Dasein daher neben der transzendentalen Meditation vor allem der Planung lässiger Lagerfeuer-Strandpicknicks widmen durften.

Victor war schockiert gewesen. Ihm waren Tränen in die Augen geschossen, was ihn wütend gemacht hatte, da er seine Reaktion nicht verstanden hatte. Ihm war nicht auf Anhieb präsent gewesen, warum ihn das Treiben so berührt, ja, so deprimiert hatte. Und so hatte er sich auf die Bank vor einer Burger-King-Filiale gesetzt, um seine Gefühle zu analysieren. Was genau war deren Auslöser gewesen, welche Eigenschaft dieser Wesen? Es konnte nicht primär die Armut gewesen sein, da sie alle wohlgenährt und in der Mehrzahl ja auch neu eingekleidet gewesen waren.

Er hatte sich erst auf die Gesichter konzentriert, aus ihnen aber keine neuen Erkenntnisse gewinnen können; dann hatte er versucht, in die Schädel hinter den Gesichtern vorzudringen. Er hatte sich immer weiter in den begrenzten Hallraum des ungebildeten Kopfes vorgearbeitet, was sich für ihn wie Folter durch sensorische Deprivation angefühlt hatte: Denn die Gehäuse der Mehrheit enthielten keine digitalisierten Bibliotheken, keine Reflexionstreiber, keine analytischen Prozessoren, keine hochentwickelten Melancholiemodule sowie nur rudimentäre Texterfassungssysteme. All diese Menschen, war ihm klar geworden, obwohl sie dieselbe Luft wie er atmeten, existierten auf einer völlig anderen Wahrnehmungsebene.

Victor starrte an die Decke, die viel zu niedrig war, da der Architekt des Hotels ein zusätzliches Stockwerk unter die festgeschriebene Traufhöhe gedrängelt hatte, um sich dienstfertig bei seinem Investor anzubiedern. Das Resultat war, dass auch auf höheren Stockwerken ein Gefühl der Beklemmung vorherrsche, wie in einer Grabanlage.

Ein radikales Projekt war vonnöten, so dachte Victor, um das deutsche Volk zu einen. Es würde darum gehen müssen, die nationalen Ressourcen in ein kognitives Upgrade der Mehrheit umzuleiten, um das Land vor seiner drohenden Irrelevanz zu bewahren. Deutschland war ein Land der Dichter und Denker und kein Land der Milliardäre und Jachtbesitzer. Ein zwölf Meter langes Regattaboot aus Mahagoni von Abeking & Rasmussen, so sah es Victor, das musste reichen.

Er wischte über das Touchpad, um sein Laptop zu wecken, und ein leeres Dokument erschien. Im Kern würde er wie immer einen Pitch des Genres »Strategische Optionen« schreiben, mit dem er sich diesmal aber nicht an einen Funktionsträger, sondern direkt an den Souverän richten würde. Victor hatte sich mittlerweile in eine tiefe Konzentration manövriert, und wenn man in seine grauen Augen geschaut hätte, wären die grünen Kontrollleuchten seiner organischen Mainframe-Architektur zu sehen gewesen.

Seine Finger schwebten über der Tastatur. Hinter den Gipsfronten der Renditeneubauten vor den Fenstern konnte er die finstere Schönheit der Verwüstung erahnen. Der Befehlshaber des britischen Bomber Command, der als junger Mann ein passionierter Bildhauer gewesen war, hatte dem *Guardian* vor seinem Tod seinen ursprünglichen Traum anvertraut, die Berliner Innenstadt durch Bomben und Luftminen zu einem abstrakten Ruinenpark umzugestalten, als Variation über die inneren Trümmerlandschaften der Deutschen. Victor begann zu schreiben:

WO WIR STEHEN

Der Wind fährt über die goldenen Felder, und der Frühling verbreitet eine trügerische Wärme. Denn es herrscht der Winter in der deutschen Seele. Unsere Großmütter zerren Säcke voller Leergut in Richtung unserer Discounter, um ihre

Ausbeute in Schweinenacken zu investieren, an guten Tagen noch in ein Tetra Pak »Italienischer Landwein Lieblich« zu 79 Eurocent. Und in den Talkshows sind unsere Erbinnen zu sehen, die über die Schwere der Verantwortung jammern, mit der die braunen Milliarden auf ihnen lasteten, während die Manager ihrer Immobilien-Portfolios von unseren Krankenschwestern sittenwidrige Wuchermieten kassieren.

Unsere Heimat ist mal wieder auf die schiefe Bahn geraten, liebe Freundinnen und Freunde. Unsere letzten paar Regierungen haben sich der irrationalen Heilslehre der Märkte verschrieben, mit der Folge, dass unser geschwächter Staatsapparat nicht einmal mehr seine Basisfunktion der Kontrolle unserer Außengrenzen erfüllen kann.

Seit der Jahrtausendwende hat die Bundesrepublik die gleiche Entwicklung wie die Deutsche Bank durchlaufen, die jahrzehntelang an allen heimischen Konzernen beteiligt war und sich auf ein solides Endkundengeschäft konzentrierte. Heute handelt es sich bei dieser um einen maroden Munitionsfrachter unter chinesischer Flagge, auf dessen Lidodeck sich ein hochnäsiges Grüppchen nihilistischer Kettenraucher zusammengerottet hat.

Der Hinweis auf diese Verwerfungen ist nicht etwa als Kritik an der Globalisierung zu verstehen, im Gegenteil: Denn unsere deutsche Exportwirtschaft muss noch um ein Vielfaches aggressiver und erfolgreicher werden. Von entscheidender Bedeutung für unsere Demokratie aber wird sein, die Renditen und Kosten unserer Vorstöße in die Fremde endlich gerecht unter unseren Bevölkerungsgruppen zu verteilen.

Es kann nicht sein, dass eine abgehobene Minderheit die

Profite einkassiert, während für die hart arbeitende Mehrheit nur die Risiken übrigbleiben. Es kann nicht sein, dass Tausende Jugendliche dem deutschen Winter als Obdachlose entgegensehen, während unsere Überschüsse in unangemessene Prunkbauten fließen, in die zehn Millionen Euro teuren Villen, die sich in unseren Wäldern ausbreiten, und auf unseren Nordseeinseln.

DER ETIKETTENSCHWINDEL
Um die soziale Frage vom Tisch zu wischen, haben unsere Regierungsparteien einen ebenso eleganten wie verkommenen Etikettenschwindel ersonnen. Sie haben sich der Pflege seltener Fledermäuse verschrieben, biolumineszenter Eidechsen und opalisierender Amphibientiere. Um ihrer Agenda der Rückschritte einen progressiven Anstrich zu verpassen, haben sie ein Festival der Kulturkämpfe inszeniert, in denen natürlich immer die Toleranz siegreich war, die Solidarität, die Weltoffenheit.

Die Einzigen, an denen unser System kein Interesse zeigt, sind die disziplinierten Arbeitnehmer, die unsere Kinder betreuen, unsere Eltern pflegen, unsere Feuer löschen, unsere Grenzen sichern, unsere Suppen würzen, unsere Beschwerden aufnehmen, unsere Züge fahren, unsere Biere zapfen, unsere Städte bauen, unsere Steuerbetrüger jagen und unsere freie Lebensweise am Hindukusch verteidigen. Nahezu die Hälfte aller Deutschen ist zu lebenslang im Niedriglohnsektor verurteilt worden, ohne die Möglichkeit, sich aus eigener Kraft emporzuarbeiten.

Von einer Leistungsgesellschaft kann in Deutschland somit

keine Rede mehr sein. Es geht nicht darum, was man kann, sondern darum, wen die Eltern kennen. Es geht um Privilegien, um Wettbewerbsverzerrung, um Ungerechtigkeit. Unsere Finanzeliten betreiben die strukturelle Prekarisierung unserer Arbeiterklasse, um deren Kindern den Zugang zu höherer Bildung und damit die Möglichkeit des gesellschaftlichen Aufstieges zu verweigern.

DAS LEISTUNGSPRINZIP

Ein System, in dem nicht das Talent, sondern die Willkür entscheidet, ist als Mühlstein um den Hals der internationalen Wettbewerbsfähigkeit unserer Volkswirtschaft zu verstehen. Wir müssen uns darüber im Klaren sein, dass unsere Berufspolitiker, indem sie ihren ökonomischen Rassismus ausleben, schamlos gegen die Interessen ihres Landes arbeiten.

Denn ob es uns gelingen wird, eine faire Konkurrenz zu gewährleisten, ist eine der Fragen, die unsere Zukunft als Nation bestimmen werden. Unser Ehrgeiz muss sich in einem System manifestieren, in dem alle Kinder als privilegiert behandelt werden, unabhängig von Einkommen und Bildung der Eltern. Nicht die Reichsten sollen gewinnen, sondern unsere Besten, liebe Freundinnen und Freunde.

Zudem müssen wir uns fragen, was wir meinen, wenn wir den Begriff »Leistung« verwenden. Leistung allein in Profit zu messen, ist für eine reife Gesellschaft wie die unsere ein Armutszeugnis. Wir müssen uns fragen: Wer leistet mehr? Die Krankenschwester, die unsere Hand hält, während wir sterben? Oder der Immobilienentwickler, der sie aus der Innenstadt vertreibt? Wollen wir eine Gesellschaft der Ingenieure, der Denker und der Handwerker sein, der Erfinder, der Biertrinker, der Facharbeiter? Oder sollen sich Lobbyisten, Spekulanten und Erben unsere Volkswirtschaft unter den Nagel reißen?

SIEG ODER NIEDERGANG

Um nicht leichtfertig unsere Demokratie zu riskieren, müssen wir von einem obsessiven Ich zu einem entschlossenen Wir zurückgelangen. Wir brauchen eine neue nationale Erzählung, die um Teamwork kreist, um Zusammenhalt – um das konsequente Bündeln unserer ökonomischen Kapazitäten, um uns von der chinesischen und amerikanischen Konkurrenz nicht ins Abseits drängen zu lassen. Es wird darum gehen, unsere Kräfte zu vernetzen und zu fokussieren, um sie dann zu entfesseln, liebe Freundinnen und Freunde.

In China gibt es mittlerweile über 3000 öffentliche Universitäten, die mit einem wahren Jangtse aus frisch gedruckter Billigwährung in Richtung Weltspitze geprügelt werden. Deren Studenten kommen in den Genuss kostenfreier Wohnungen, Kindergärten und Grillpagoden, um sich voll auf ihre rigorosen Curricula konzentrieren zu können, die neben Prozessoptimierung und Lagermanagement zunehmend auch Nietzsche und Heidegger umfassen.

Diesem Nunchaku der Bildungssysteme stehen in Deutschland unbezahlte Lehrbeauftragte gegenüber, bröckelnde Institute, überfüllte Hörsäle, dynamische Budgetkürzungen und paläolithische Informatiksysteme. Wir stehen vor einer Phase der unerbittlichen intellektuellen Kampfhandlungen, an deren Ende ein historischer Sieg stehen wird – oder unser Niedergang, liebe Freundinnen und Freunde.

VIRTUELLE WOLKENBÄNKE

Schon unsere Allerkleinsten müssen in den Genuss maßgeschneiderter Förderprogramme kommen, um etwaige Nachteile im Hinblick auf die Möglichkeiten des Elternhauses auszugleichen. Die einzigen Bodenschätze der Bundesrepublik sind in den Köpfen ihrer Bürger verborgen, und so muss unsere primäre Zielsetzung sein, jedes Kind so zu fördern, als ob es aus einer wohlhabenden Establishment-Familie käme.

Wir werden unsere Reserven mobilisieren, um neue Gymnasien zu bauen, in urbanen Zentren wie in strukturschwachen ländlichen Gegenden, mit Coding-Laboren, Robotik-Werkstätten, philosophischen Bibliotheken, Schüler-Newsrooms, Llamaherden, symphonischen Orchestern sowie, wo Topographie und Terroir es hergeben: eigenen Weinbergen. Auf den Menüplänen der kostenfreien Schulkantinen werden neben regionalen Hülsenfrüchten auch saftige Braten zu finden sein, pikante Sülzen, herzhafte Frikadellen, nach alter Väter Sitte, liebe Freundinnen und Freunde.

Denn wir wollen eine Gesellschaft der virtuellen Wolkenbänke sein, aber auch der seit Jahrhunderten unveränderten Weihnachtspyramiden, über denen sich thermodynamisch optimierte, in Hinterhofwerkstätten von Hand geschliffene Kevlar-Flügelräder drehen.

DIE VOGTLÄNDISCHE PAMPELMUSE

Unsere neuen Bildungsangebote werden natürlich auch Bürgern unserer älteren Jahrgänge offenstehen – wobei wir aber keinen Zwang ausüben werden. Wem nach harten Jahrzehnten im Berufsleben die Energien fehlen, um sich neu zu erfinden, ja, um seine geschundenen Knochen noch mal aufzurappeln, den werden wir nicht sanktionieren oder gar fallenlassen, liebe Freundinnen und Freunde. Das verbietet uns der Respekt vor der gewaltigen Lebensleistung unserer Brückengenerationen.

Für deren Mitglieder werden wir vielmehr einen Sektor der traditionellen Handwerks- und Gartenbaudisziplinen schaffen, der Kleinkunst, des Liedgutes, der Renaissance ausgestorbener Rübenarten, um der märkischen Ananas endlich wieder die vogtländische Pampelmuse zur Seite zu stellen.

Wir wollen eine Gesellschaft sein, die dem Maschinenbauschlosser noch im hohen Alter seine Umschulung zum urzeitlichen Aalfischer möglich macht, sodass er seine alten Tage auf den mäandrierenden Seitenarmen unserer klaren Gewässer verbringen kann – in der Gewissheit, dass seinen Kindern alle erdenklichen Optionen offenstehen.

In sparsamen Mittelklassewagen werden wir über die makellosen Oberflächen kurviger Landstraßen durch rauschende Mischwälder fahren, um dann auf fugenlosen Autobahnen unseren sinnstiftenden Arbeitsplätzen entgegenzustreben.

WAS WIR VORHABEN

Um unsere Heimat für die Zukunft zu wappnen, werden wir in Deutschland nicht umhinkommen, die sinnlose Ballung unvorstellbarer Privatvermögen zu beenden. Nur mit einer effizienten Allokation nationaler Ressourcen wird die Politik ihre zentrale Aufgabe erfüllen können, nämlich die Verbesserung der Lebensumstände aller deutschen Bürger zu gewährleisten. Und so wird es in unserer Erzählung nun auch um Verteilungsgerechtigkeit gehen, ohne die eine kompromisslose Chancengerechtigkeit nicht seriös zu finanzieren sein wird.

Als geeignete Maßnahme erscheint eine harte Vermögensobergrenze, die wir auf der Höhe eines Nettobetrages von 25 Millionen Euro pro Bürger ziehen werden und oberhalb derer etwaige Vermögenswerte an das Gemeinwesen abzuführen sind. Denn mal ehrlich, liebe Leute: Es bricht niemandem einen Zacken aus der Krone, als Einzelperson mit nur 25 Millionen Euro auskommen zu müssen. Der gesunde Menschenverstand sagt einem, dass private Vermögen in Milliardenhöhe durch eine Arbeitsleistung nicht zu rechtfertigen und dass obszöne Konzentrationen von Reichtum einer hochentwickelten Zivilisation wie der deutschen unangemessen sind.

Mal abgesehen davon, dass die Fundamente unserer Industrievermögen nahezu durchweg in Kollaboration mit den Nazis und somit auf den Massengräbern unserer Zwangsarbeiter errichtet wurden. Ein Vorfahre der Inhaberfamilie der Bayerischen Motorenwerke zum Beispiel schreckte noch nicht einmal davor zurück, seine Ehefrau mit Goebbels zu verkuppeln, um seine Geschäfte mit dem Regime voranzutreiben. Für die Nachkommen unserer Elendsprofiteure wird die Obergrenze daher eine Erlösung bedeuten – nämlich die Möglichkeit, die Schande ihres Blutes hinter sich zu lassen, um fortan ihren eigenen Weg zu gehen.

Gegen die Obergrenze spricht somit allein, dass unsere Oligarchen sich beim Jachtencheck vor Saint-Tropez ab nun ihren russischen Artgenossen werden beugen müssen; aber wir werden lernen, mit dieser Schmach zu leben. Wer als

Deutscher in Zukunft auf einem Schiff der Kieler Germaniawerft in See stechen möchte, ist vielmehr dazu eingeladen, sich für eine herausfordernde Tätigkeit bei unserer hervorragenden Bundesmarine zu bewerben.

DER AMERIKABOMBER

Das Argument der Reichenlobby, dass Vermögenssteuern Unternehmenserben überfordern und somit Arbeitsplätze gefährden können, wird hier nicht greifen, da Abgaben von Reichtümern oberhalb der individuellen Grenze natürlich auch in Form von Kapitalbeteiligungen erfolgen werden.

So wird die weltgrößte staatliche Fondsgesellschaft entstehen, die German Investment Authority (»GINA«), die uns erlauben wird, auf globaler Ebene Zukunftstechnologien zu akquirieren und Schlüsselindustrien zu kontrollieren, um die ökonomischen Interessen unserer Bürger zu sichern. Einen gewaltigen nationalen Fonds aufzurichten, als Bollwerk gegen die Sturmfluten der Globalisierung, ist als unsere volkswirtschaftliche Generationenaufgabe zu verstehen.

Zumal wir uns skrupellosen Konkurrenten gegenübersehen: finsteren Wüstendiktaturen wie Katar oder Saudi-Arabien, deren Investmentgesellschaften sich nach und nach unsere industriellen Ikonen einverleiben, während sie zu Hause der strategischen Maßgabe genügen, mit Mercedessen für die Untertanen die Gewaltherrschaft degenerierender Kleptokratenklans zu stabilisieren.

Und natürlich den Chinesen, die offenbar von der Vision getrieben sind, sich mit selbstgedruckter Staatsknete systematisch die gesamte deutsche Wirtschaft unter den Nagel zu reißen. Wenn wir unsere Vorzeigebetriebe weiter verhökern wie auf einem orientalischen Basar, dann wird das hier bald nicht mehr unser Land sein, liebe Freundinnen und Freunde. Wenn wir dem Ausverkauf unserer Wirtschaft nicht kaltblütig einen Riegel vorschieben, dann werden wir unser Schicksal asiatischen Autokraten überlassen oder den Investoren amerikanischer Reichenfonds – also Reitern goldener Toiletten oder Silikonwitwen aus Florida.

Mit der Gründung der GINA wird Deutschland zur finanziellen Supermacht aufsteigen, und dies keinen Augenblick zu früh, liebe Freundinnen und Freunde: Denn unsere volatilen Zeiten erfordern eine robuste Exekutive, die auf disruptive Verwerfungen nicht nur iterativ reagieren, sondern die Globalisierung in unserem Sinne proaktiv gestalten kann.

Für uns als Volk wird beispielsweise von entscheidender Bedeutung sein, ein strategisches Portfolio im Bereich der künstlichen Intelligenz aufzubauen – denn nicht einmal unsere Regierungsparteien würden ernsthaft in Abrede stellen, dass wir auf die drohende Unterwerfung des Menschen durch den Roboter vorbereitet sein sollten. Unseren finanziellen Jagdwagen für diese Akquisitionen, unseren Amerikabomber quasi, werden wir Schwarzwald nennen, nicht Blackforest, nein: *Schwarzwald* – da sollen sich unsere kalifornischen Wettbewerber ruhig mal ihre veganen Zünglein verdrehen.

EHRUNG ODER FAHNDUNG

Der Gefahr sogenannter Ausweichbewegungen, also dem Bestreben unserer Superreichen, sich ihrer staatsbürgerlichen Verantwortung zu entziehen, wird ein hartes und gerechtes

System der Ahndung entgegenzusetzen sein. Die Steuerpflicht auf Vermögen wird mit der deutschen Staatsbürgerschaft zu verknüpfen sein, wirksam bis zehn Jahre nach Steuerflucht oder Selbstausbürgerung; und die Zuständigkeit für das Aufspüren und Rückführen von Steuerbetrügern wird beim Direktorat Verdeckte Operationen unseres hervorragenden Auslandsgeheimdienstes angesiedelt sein.

Unsere Oligarchen werden die Wahl haben: Ehrung oder Fahndung. Denn zwei Dinge sind sicher im Leben, liebe Freundinnen und Freunde: Wir alle müssen irgendwann sterben. Und wir alle müssen unsere Steuern zahlen.

Die Obergrenze würde als radikal begriffen werden, obwohl sie natürlich als rational zu verstehen war. Bei objektiver Betrachtungsweise war es ein logischer Schritt, übertriebene Vermögen in den Dienst nationaler Interessen zu stellen. Mehr als mit Exzessen auf Superjachten würde den Menschen schließlich mit öffentlichen Waldschwimmbädern gedient sein, bezahlbaren Wohnungen, flüsterleisen Unterseebooten und idyllisch gelegenen Landschulheimen.

Die Frage war die folgende: Würden die Ausschüttungen aus milliardenschweren Industriebeteiligungen auf panamaischen Nummernkonten oder, nur zum Beispiel, im Dienste einer interdisziplinären Initiative zum Besiegen bisher unheilbarer Krankheiten einen größeren Beitrag zum Wohlergehen der Deutschen leisten?

Nicht etwa, dass Victor grundsätzliche Vorbehalte gegen reiche Menschen gehabt hätte, im Gegenteil – schließlich hatte er in seinem Berufsleben sicher schon 100 Millionen Euro verdient oder eher, hätte er hier korrigiert, *eingenommen*. Ein Fetisch für Geld hatte in seinen Augen allerdings schon immer auf eine metaphysisch unergiebige Krämerseele hingewiesen.

Er selber hatte es nie darauf angelegt, reich zu werden, noch nicht einmal darauf, Banker zu werden; all das hatte er allein der Rekrutierungsmaschinerie der Credit Suisse First Boston zu verdanken. Er war auf dem Campus seiner Universität in London zufällig einmal in eine Informationsveranstaltung der Bank geraten und erst Monate später unter Neonlicht in einem gläsernen Turm inmitten desolater Dockanlagen wieder zu sich gekommen.

In irgendeinem Kontext also, in dem er sich dann, einem Automatismus gehorchend, darauf konzentriert hatte, alle Konkurrenten hinter sich zu lassen. Rein zufällig war es ein Kontext gewesen, in dem man zu Geld hatte kommen können, aber als Entwicklungsökonom oder Reporter hätte Victor genauso hart gearbeitet.

Aus dem verkrampften Zwang der deutschen Milliardärsfamilien, ihr Vermögen durch die Jahrhunderte zu retten, sprach für ihn die verschämte Erkenntnis, dass nicht mehr viel nachkommen würde; dass mit dem einen Opportunisten, der während des Dritten Reiches den Grundstein für das spätere Tiefkühlpizza-Imperium gelegt hatte, nicht zuletzt dank hin und wieder einem Teechen mit dem Führer, das gesamte Potential der Reihe bereits ausgelöffelt war.

Ganz zu schweigen von den deutschen Adelsfamilien,

deren Vermögen auf mittelalterlichen Angriffskriegen und somit auf bestialischen, geradezu IS-artigen Verbrechen basierten, infolge derer die windschiefen Nachkommen der Folterer und Vergewaltiger bis zum heutigen Tage hochmütig ihre seidenen Stecktücher spazieren tragen.

Nein, Victor hatte nichts gegen die deutsche Geldelite, der er sich aber niemals zugeordnet hätte. Denn er sah sich als Teil einer ewigen Elite, deren Status von Geld vollkommen unabhängig war. Für Victor waren das Familien, deren Mitglieder über Jahrhunderte hinweg immer wieder interessante Beiträge zum Fortschritt der Zivilisation geleistet hatten, in möglichst disparaten Bereichen; ob der jeweilige Leistungsträger dabei zufällig ein Vermögen akkumuliert hatte, schien Victor von allenfalls nachrangiger Bedeutung zu sein.

Einer seiner Ahnen väterlicherseits hatte, nur zum Beispiel, während der Kaiserzeit mit einer Narkosemaske die moderne Anästhesie aus der Taufe gehoben, bevor er ein Faible für die Wirkung seiner Erfindung entwickelt hatte und mit Anfang 30, allein in einer schäbigen Mietwohnung hausend, auf seinen Wölkchen aus Diethylether davongesegelt war.

Ein weiterer hatte als Solinger Rüstungsunternehmer während der Befreiungskriege nicht nur die schlesischen Heere, sondern mit Hilfe einer französischen Tarnmarke auch die napoleonischen Armeen ausgestattet, mit exakt gleichwertigen Waffen, um das revolutionäre Konzept der Égalité bis auf die Schlachtfelder zu treiben. Als Napoleon durch das Brandenburger Tor geritten war, gleich hier unter den Fenstern der Petra-Kelly-Suite, hatte der eitle Korse einen Kavalleriesäbel aus der Produktion von Victors Ahnen in seiner eisernen Scheide getragen.

In der Linie seiner Mutter, die aus Lemberg stammte, fand sich sogar ein Vorfahre, der das Abendland im Alleingang vor der Auslöschung durch osmanische Horden bewahrt hatte. Jerzy, so sein Name, Spross eines ruthenischen Adelsgeschlechtes, war 1679 nach Wien gezogen, um eine Startup-Finanzierung für sein orientalisches Import-Export-Business zu akquirieren. In jungen Jahren hatte er dem österreichischen Gesandten in Konstantinopel als Übersetzer gedient, wonach er nicht nur die türkische Sprache beherrscht, sondern auch den osmanischen Habitus hatte persiflieren können – ähnlich wie Victor Jahrhunderte später das Auftreten jenes halbstarken Kickboxers, der ihm in seiner Jugend auf dem Frankfurter Opernplatz eine Chevignon-Bomberjacke entwendet hatte.

Als der kaiserliche Geheimdienst während der zweiten Türkenbelagerung in ganz Wien auf der Suche nach einem getürkten Osmanen gewesen war, hatte daher Jerzys große Stunde geschlagen: Aladin-Style als orientalischer Händler verkleidet, war es ihm gelungen, die Belagerungsringe zu überwinden, um die verbündeten Heere jenseits der Donau von der akuten Gefahrenlage in Kenntnis zu setzen – osmanische Mineure gruben bereits tiefe Stollen unter die Hauptstadt des Habsburger Imperiums. Gerade noch rechtzeitig hatten die Polen und Bayern ihre Bierkrüge sinken lassen, um die Aggressoren in einem Zangengriff zu zermalmen.

Jerzy wurde als Retter des Abendlandes gefeiert – nicht zuletzt, da bald ein Flugblatt kursierte, das er unter Pseudonym selber verfasst hatte, um sich der Öffentlichkeit in einem schmeichelhaften Licht zu präsentieren: Er habe die Donau durchschwommen, er habe türkische Lieder gesungen, mit osmanischen Schildwachen habe er sich listig über die niederträchtigen Christen lustig gemacht et cetera. Bis heute wird Jerzy herangezogen, wenn es darum geht, die österreichische Identität zu definieren – ein fescher Patriot, charmanter Schwindler und innovativer Gastwirt, der sich entschieden der Gefahr aus dem Morgenlande entgegengestellt habe.

Er wurde mit Belohnungen überhäuft, einer Besoldung, einem Weinberg, einem Hofquartier, einer Befreiung von der Steuer für 20 Jahre sowie, auf seine beharrliche Nachfrage hin, mit den 300 Säcken »Kamelfutter« aus dem verlassenen Türkenlager, mit denen er 1684 das erste Wiener Kaffeehaus aufmachte, mit zu Beginn mäßigem Erfolg – zu bitter war Jerzys kleiner Schwarzer für die abgebrühten Innenstadtwiener, die sich auch während der Belagerung primär von Nockerln und Strudeln ernährt hatten.

Nachdem er aber die Inspiration empfangen hatte, seinen Kaffee mit heißer Milch zu strecken, schwoll sein Cashflow rapide an – eine Entwicklung, die Jerzy mit der Erfindung eines zweiten Produktes befeuerte, eines halbmondförmigen Blätterteigkipferls, um den insgeheim verunsicherten Wienern die therapeutische Experience zu ermöglichen, den osmanischen Aggressor zum Frühstück zu verspeisen.

WER WIR SIND

Unsere Bewegung heißt Deutschland AG und unsere Farbe ist Weiß, aber nicht etwa, da es sich bei uns vornehmlich um weiße Menschen handelt, sondern da wir für einen kompromisslosen Neuanfang stehen. Für die kreative Zerstörung überkommener Strukturen, ohne Rücksicht auf Privilegien, auf Partikularinteressen oder auf weinerliche Anspruchshaltungen.

Unser Name ist als Rückgriff auf eine Zeit zu verstehen, in der die Einkommen der deutschen Bundesbürger in einem nachvollziehbaren Verhältnis zueinander standen. Und bei aller Zukunftsfreude: Da wollen wir wieder hin, liebe Freundinnen und Freunde. Denn dieser erhabene Teamgeist ist als der romantische Kern unserer Erfolgsgeschichte zu verstehen.

Unser Schattenkabinett rekrutiert sich aus der wirtschaftlichen Funktionselite unseres Landes, was einigen als unappetitlich erscheinen wird, im Jahr 2017 aber unabdingbar ist: Denn nur, wer unser verworrenes System von innen kennt, wird in der Lage sein, es durch ein faires, transparentes und wettbewerbsfähiges System zu ersetzen.

Wir wollen nicht in die Politik, um uns ein Pöstchen zu sichern, um uns in den warmen Filz der Vorteilsnahme zu wickeln, im Gegenteil: Wir wollen finanzielle Opfer bringen, auf rituelle Weise, und diesen Vorgang als Befreiung empfinden.

Konkret bedeutet das: Wir wollen Vermögenssteuern zahlen, um die Institutionen unseres Gemeinwesens zu stabilisieren. Wir sind der Weiße Ritter, liebe Freundinnen und Freunde, der uns alle davor bewahren soll, eine gramvolle Verlegenheitsehe mit einer unattraktiven Altpartei einzugehen.

Unser Ziel ist es, die politische Konkurrenz erst hinter uns zu lassen und dann hinter uns zu vereinen. Wir bewerben uns um die Führungsrolle bei der Neuerfindung Deutschlands, da wir als einzige Gruppierung die fachliche Expertise für diesen Vorgang mitbringen. Wohlstand für wenige zu schaffen, das gelingt auch dem Berufspolitiker, wie wir in den letzten Jahren gesehen haben. Wir von der Deutschland AG aber verfolgen die Zielsetzung, Wohlstand für alle zu schaffen.

DER SENATOR SERVICE

Denn wir sind Kinder der Mittelklasse, liebe Freundinnen und Freunde. Unsere Eltern haben uns zu fröhlicher Bescheidenheit erzogen. Wir haben es nicht nötig, uns einen Biturbo-Mercedes zu kaufen und damit an jeder grünen Ampel Vollgas zu geben. Unsere alten Väter hatten schließlich einen zuverlässigen, unauffälligen und perfekt verarbeiteten 230E als letzten Dienstwagen.

In den Ferien sind wir nach Mallorca gefahren, aber nicht in irgendwelche *Designdomizile* oder *Fincaresidenzen*, sondern in ordentliche Betonkästen an demokratischen Stränden, auf denen wir uns am Büdchen erst mal ein paar Albóndigas reingezogen haben. Unsere Eltern hatten nicht das Bedürfnis, mit einem geföhnten Hündchen an der Champagnerbar einen Dicken zu schieben. Stattdessen liefen sie noch mal angeheitert zum Büffet, um sich zur Feier des Abends eine zweite Portion von der gefüllten Paprika zu genehmigen.

Wir wollen in einer Gesellschaft leben, die keine drei Klassen mehr kennt, keine First und keine Economy, sondern nur noch die Business, den Senator Service – die deutsche Mittelklasse, liebe Freundinnen und Freunde, der man, wenn man ein Mindestmaß an Selbstbewusstsein besitzt, auch noch mit einem Vermögen von 25 Millionen Euro angehören kann.

Der Geldadel würde schreien, wie von einer Spinne gebissen, während Victor mit gutem Beispiel vorangehen würde; denn sein Vermögen überstieg die ja aus der Luft gegriffene Obergrenze sicher um das Dreifache. Allein mit den Häusern in der Luisenstadt würde er sie schon reißen – nach der irrationalen Wertsteigerung der letzten Jahre wohl auch abzüglich der ausstehenden Fremdkapitalbeträge.

Dazu noch sein Haus in Falkenstein, für das man ungefähr sieben Millionen Euro bekäme, und seine Anteile an der Birken Bank, deren Wert bei einem Verkauf in der Nähe von 100 Millionen Euro läge, sodass sie im Falle einer Regierungsbeteiligung der Deutschland AG direkt in den Besitz der GINA übergehen würden.

An Gebunkertem war da nur sein Schließfach in Delaware, auf eine Scheinfirma aus Road Town auf Tortola registriert, in dem exakt 500 Ein-Kilo-Goldbarren lagerten – alte Degussa-Goldbarren aus der Wirtschaftswunderzeit, denen damals noch keine Seriennummern eingeprägt worden waren. Es ging hier aber nicht um Schwarzgeld, denn

Steuern zu hinterziehen, das war Victor immer zu billig gewesen. Es ging eher darum, dass er sich an der digitalen Gegenwart störte, in der er nicht mehr die Möglichkeit hatte, spurlos zu verschwinden.

Bevor er Vater geworden war, hatte er den Traum gehabt, alles zu verkaufen, sein Vermögen in Offshorekonten zu verbergen und sich in Luft aufzulösen, nach Amerika zu fliegen, sich einen Lincoln zu kaufen, jahrelang herumzufahren, hin und wieder Wurzeln zu schlagen, neue Leben zu beginnen, als *life coach* in Sonoma beispielsweise, in einer *storefront* in einer *strip mall* neben einer kleinen Weinbar, und dann bei Nacht und Nebel einfach wieder zu verschwinden, ohne dass ihn jemand hätte erreichen können.

Vielleicht sollte er ja proaktiv mit seiner Läuterung beginnen. Vielleicht sollte er ein paar Wohnungen verschenken, an Victoria, Maia, Antonia, an die mit den grauen Haaren möglicherweise. Vielleicht sollte er Valeszka eine Wohnung schenken, oder lieber gleich zwei, damit sie eine davon würde verkaufen können, um die Schenkungssteuer zu bezahlen.

Im Hinblick auf den Geldadel aber würde zweifellos notwendig sein, die Vermögensentnahme symbolisch aufzuladen, mit Ruhm und Ehre und Heimatliebe, um dem Vorgang der erzwungenen Spende einen heroischen Deutungsrahmen zu verleihen. Es würde darum gehen, die Zahlung mit einer protokollarischen Festlichkeit zu verbinden, der Aufnahme der Helden und Heldinnen in den Geheimorden »Himmlischer Wind« möglicherweise, aus strategischen wie aus psychologischen Erwägungen: Wie die Opferbereitschaft der Luftsamurai in den letzten Kriegsmonaten Zweifel in die Herzen der Amerikaner, so würden die finanziellen Selbstopferattacken deutscher Schlachthoferben die Angst vor der Niederlage in die Seelen unserer chinesischen Wettbewerber treiben.

Als Märtyrer der Chancengerechtigkeit würden unsere Oligarchen fortan mit dem höchsten deutschen Orden ausgezeichnet werden, dem ehernen Kirschblütenkreuz am Bande oder dem Ritterkreuz des ehernen Kirschblütenkreuzes am schwarz-roten Bande mit dem goldenen Bundesadler oder was auch immer – die genauen Details der Gestaltung würde der Vorstand der GINA von einer hochkarätigen Expertenkommission ausarbeiten lassen.

Wichtig war allein das Eisen als Material, denn ein Gott, der Eisen wachsen ließ, der wollte keine Knechte, und natürlich die Kirschblüte, Symbol des Lebens, der Liebe, der Gruppe, des Rausches, des nahenden Todes sowie der patriotischen Opferbereitschaft. Um vor der finalen Mission ihrer lähmenden Angst Herr zu werden, hatten die Tokkōtai-Spezialtruppen der Marineluftwaffe sich gegenseitig eingeredet, dass sie nicht in einem Feuerball verglühen, sondern wie Kirschblüten im Frühlingswinde verloren gehen würden.

DIE GEDANKENPOLIZEI
Natürlich ist vom Geldadel brutaler Widerstand zu erwarten, denn für kollektive Interessen eintreten, das darf man nicht

mehr, das ist ja verboten in unserem Land. Wenn man es wagt, für mehr bürgerliche Kontrolle über die Volkswirtschaft zu argumentieren, wird man sofort einem neoliberalen Schauprozess zugeführt, dessen Richter an die zentrale Vorgabe gebunden ist, den Störenfried für immer aus der Debatte zu katapultieren.

Wenn man es wagt, die Friedhofsruhe des Spätkapitalismus zu stören, springt sofort ein hedonistischer Gedankenpolizist aus dem nächsten Villenvorgarten, um eine Atmosphäre der Einschüchterung zu schaffen und auf diesem Wege unseren demokratischen Prozess zu sabotieren. Man muss sich mittlerweile ernsthaft Sorgen darüber machen, ob man überhaupt noch seine Meinung äußern kann.

Wenn man es wagt, den Sieg im Team zu propagieren, kann man unser Establishment ein Loblied auf die Freiheit der Märkte anstimmen hören, auf deren Funktion der Selbstreinigung, die ja nicht mal bei unseren neuesten Öfen von Miele richtig funktioniert. Hierzu wird folgende Anmerkung gestattet bleiben: Wenn die amerikanische Regierung sich 2008 auf die »Funktion der Selbstreinigung« verlassen hätte, anstatt in letzter Sekunde 700 Milliarden Dollar in den kollabierenden Markt zu pumpen, wäre in Deutschland ein ohrenbetäubendes Schlürfen zu hören gewesen, ein apokalyptischer Strudel, in dessen gurgelndem Rachen unsere Volkswirtschaft einfach verschwunden wäre.

Wenn die Amerikaner damals den Visionen der Reichenlobby gefolgt wären, würden wir Deutsche in unseren Edelstahlküchen heute wässrige Lagersuppen aus einzelnen Kohlblättern zubereiten. Dann würden die Kinder unserer

Apotheker und Steuerberater an unseren Autobahnen für eine Handvoll faulender Kartoffelschalen anschaffen gehen.

DAS BUDDENBROOK-SYNDROM

Wenn man den Fehler macht, den Fernseher einzuschalten, hört man unsere Politiker den Erben der Unternehmerfamilien nach dem Munde reden, die angeblich sorgfältiger wirtschafteten, da sie nicht den kurzfristigen Gewinnen, sondern den langfristigen Strategien verpflichtet seien. Hier liegt der Gedanke an die Volkswagen AG nahe, das größte deutsche Familienunternehmen, das in diesem Jahr Strafzahlungen in Höhe von 30 Milliarden Euro an ausländische Regierungen abführen wird – also in etwa den gleichen Betrag, mit dem die Chinesen im selben Zeitraum Zigtausende Arbeitsplätze in der Elektromobilität schaffen werden.

Um das hier mal kurz auszuführen: Die chinesische Regierung befeuert ihren Automobilsektor mit einem revolutionären System aus Kaskaden von ineinandergreifenden Förder- und Strukturmaßnahmen, mit dem langfristigen Ziel, wie nun auf Wikileaks zu lesen war, die deutschen Konkurrenten »zu demütigen und in ihre Auslöschung zu treiben«. Diesem industriepolitischen Taifun haben wir nur marktradikale Denkverbote, illegale Kartellabsprachen und improvisierte Schummel-Module entgegenzusetzen. So werden wir nicht gewinnen, liebe Freundinnen und Freunde.

Im Falle erfolgreicher Unternehmen wird die familiäre Führung natürlich am Ruder bleiben können, sogar die dynastische Nachfolge wird bei entsprechender Eignung möglich bleiben. Die Erfahrung lehrt jedoch, dass im Blute unternehmerischer Familien oftmals die Erreger des sogenannten Buddenbrook-Syndroms nachzuweisen sind: Die erste Generation baut auf und die zweite erhält, bis die dritte Generation das Bedürfnis entwickelt, sich selbst zu finden, sich zum Musiktherapeuten ausbilden zu lassen, ja, ihren inneren Schmetterling zu befreien.

DIE NATIONALMANNSCHAFT

Wie alle ernsthaften jungen Bürger werden die Kinder unserer Unternehmenserben aber natürlich dazu eingeladen sein, sich um Aufnahme in die Führungsnachwuchsprogramme der GINA zu bemühen, in einem harten und gerechten Prozess, dessen einzige Funktion sein wird, einen fairen Wettbewerb der Tribute untereinander zu gewährleisten. Denn was die Auslese unserer Funktionsträger betrifft, werden wir uns an Ludwig Erhard halten, unseren auch nach drei Litern Lemberger meist noch luziden Gründervater, der dafür plädierte, »alle Vorteile, die nicht unmittelbar aus höherer Leistung resultieren, zur Auflösung zu bringen«.

Wer sich diesem Druck nicht gewachsen fühlt oder aus Überzeugung Altenpfleger werden will, wessen Traum es schon immer war, in seinem Kiez einen Blumenladen aufzumachen, ja, wen die technoide Kälte unserer Exportwirtschaft erschaudern lässt, der wird sich nicht ausgeschlossen fühlen, der wird sich nicht sorgen müssen, liebe Freundinnen und Freunde – da das Führungsteam der GINA, also gleichsam die Mitglieder unserer finanziellen Nationalmannschaft, nicht nur für sich selber oder für irgendwelche Superreichen, sondern für uns alle spielen werden.

DER ZENTRALE INKUBATOR

Unsere Obergrenze für Vermögen bedeutet nicht etwa, dass wir gründerfeindlich wären, im Gegenteil. Denn es wäre eine dumpfe Beleidigung dieser vielschichtigen Persönlichkeiten, ihnen eine vornehmlich finanzielle Motivation zu unterstellen. Aus einem derart irdischen Antrieb werden kein ewiges Leben und auch keine Kolonie im Weltraum resultieren. Die Zielsetzung der Urheber von Revolutionen ist nicht primär, auf Jachten Partys zu feiern, sondern »eine Delle in das Universum zu hauen«, wie es der Gründer von Apple formulierte.

Gerade ein nationaler Investor wird über den Spielraum verfügen, um unseren jungen Pionieren optimale Rahmenbedingungen zu bieten: Schlafsäle, Dampfbäder, Kletterwände, Sonnenterrassen, Lego-Räume, Gewächshäuser, Eisdielen, Malkurse, spirituelle Betreuung, strategische Beratung, einen gewissen Ambientefaktor, eine großzügige Risikokapital- und eine unbürokratische Kreditvergabe, Dojos, Darkrooms, DJs, tantrische Massagen und natürlich kilometerlange Serverbänke unter den Hangars und Schalterhallen des ehemaligen Flughafens Tempelhof, in dem wir unseren Zentralen Inkubator unterbringen werden.

Auch das Silicon Valley ist ja als gelenkter Wirtschaftsraum zu verstehen, als mit einer libertären Tarnidentität versehener militärisch-nachrichtendienstlicher Komplex, dessen Entwicklung maßgeblich vom sogenannten schwarzen Budget der amerikanischen Sicherheitsorgane befeuert wird. Nicht der Urheber der nächsten App ist der Treiber der kalifornischen Digitalwirtschaft, sondern die staatliche Fondsgesellschaft In-Q-Tel, der Investmentarm des amerikanischen Auslandsgeheimdienstes, dessen Zielsetzung mit seinem Projekt »Silicon Valley« von Beginn an gewesen ist, die Geschichte des amerikanischen Imperiums weiterzuschreiben.

MADE IN GERMANY 2030
In gefährlichen Zeiten einen strategischen Masterplan implementieren, um unsere Zukunft zu sichern, ja, um rücksichtslosen Wettbewerbern gegenüber die ökonomischen Interessen unserer Bevölkerung zu wahren – wer soll das leisten? Unsere Milliardenerben, von ihren Jachten aus vielleicht? Die »freien Märkte«? Unsere müden Regierungsparteien? Das Investorensyndikat Blackrock, dessen deutsche Strukturen von bezahlten Unionspolitikern gesteuert werden?

Die Wahrheit ist: Ohne eine unternehmerische Regierung wird unsere Heimat in der Bedeutungslosigkeit verschwinden. Ohne eine kollektive Anstrengung wird Deutschland als Agrarwirtschaft enden, als Grimm'sche Märchenzone mit Flatrate-Bordellen auf den Waldeslichtungen, in die Mittelklasse-Chinesen reisen werden, um sich unseren schmackhaften Sülzen und herben Bieren hinzugeben.

Jetzt fehlte nur noch das Flüchtlingsthema, bei dem sich nach Jahren der erbitterten Auseinandersetzungen auf einmal alle einig zu sein schienen. Um hier noch die Ränder abzufischen, ohne dabei die Mehrheit zu verlieren, würde es darum gehen, unstrittige Positionen – etwa die Verurteilung extremistischer Gewalt – rhetorisch anzuschärfen, um in den Hirnen der insgeheim Fremdenfeindlichen einen Placebo-Effekt zu erzielen.

Und er würde dabei nicht mal übertreiben müssen, da er ja schon im Wirtschaftsteil des Traktats darauf geachtet hatte, seine Sprache mit Folklore aufzuladen: Volk, Heimat, Leergut, Braten, Leistung, Autobahnen, der goldene Bundesadler, sogar die Weihnachtspyramiden hatte Victor erwähnt, die im Harz produziert wurden, wo ja die Walpurgisnacht stattfand – mehr deutsche Identität war kaum vorstellbar.

Es würde darum gehen, mit dieser Motivik unbemerkt an die Antagonismus-Rezeptoren in den aufgebrachten Hirnen anzudocken, um wie Methadon ein Verlangen zu befriedigen, ohne den betreffenden Wirkstoff zu verabreichen – ohne sich inhaltlich also jemals von einer moderaten Mainstream-Meinung zu entfernen.

CORPORATE IDENTITY

In der Debatte über Zuwanderung hat sich unsere Demokratie allen Befürchtungen zum Trotze als lebendig und widerstandsfähig erwiesen. In unserer Bevölkerung hat sich ein ausgewogener Konsens durchgesetzt, der den Ansprüchen genügt, denen wir als Kulturnation gerecht werden müssen, um vor uns selber bestehen zu können.

Natürlich werden wir Menschen, in deren Heimatländern blutige Konflikte wüten, weiterhin unseren Schutz zuteilwerden lassen, wobei ein Bleiberecht über den Wegfall des Asylgrundes hinaus von der individuellen Integrationsperspektive abhängen wird. Um im Bilde des unternehmerischen Staates zu bleiben: Wie ein Konzern bei Neueinstellungen werden wir genau darauf achten, ob Bewerber und Bewerberinnen zu uns passen, ja, ob sie bereit dazu sind, unsere über Generationen gewachsene *corporate identity* zu vertreten.

Die illegale Einwanderung hingegen werden wir konsequent unterbinden, durch eine lückenlose Sicherung der europäischen Außengrenzen sowie durch Abkommen mit Ägypten, Tunesien, Algerien, Libyen, Marokko, Niger, Mali und dem Sudan, die mit der Entsendung von deutschen Sicherheitsexperten einhergehen werden, von Mitarbeitern unserer Anbieter von Radarsystemen, Splitterschutzwesten, Panzerwagen, Nachtsichtgeräten, Schutzbarrieren, Drohnentechnik und Überwachungselektronik.

Unsere Werften werden keine Oligarchenjachten mehr konstruieren, sondern eine Armada aus Seenotrettungskreuzern, deren Mission sein wird, auf dem Mittelmeer die Seelenverkäufer der Schlepper abzufangen, um deren Passagiere in die einzurichtenden Sammellager der Europäischen Union entlang der Küsten Nordafrikas zu bringen.

Anstatt sich auf morschen Kähnen dem Tode zu weihen, werden sich Reisende in diesen Lagern bei Deutschland bewerben können, in fairen und transparenten Verfahren, die sie mit Hilfe ebenso höflicher wie kapabler deutscher Verwaltungskräfte navigieren werden. Das resultierende Kontingent der Integrationsfähigen werden wir dann durch ein humanitäres abrunden, aus allein reisenden Kindern, um der Welt ein freundliches Gesicht zu zeigen.

NAKED YOGA

Was uns hingegen sehr unfreundlich stimmen wird, sind extremistische Umtriebe, ganz egal, ob sich ihre Urheber ein

Hakenkreuz oder einen Krummsäbel auf die Fahnen schreiben. Wer in seinem Partykeller in Wurzelroda einen Brandsatz konstruiert, um diesen in ein Asylbewerberheim zu feuern, wird fortan mit keiner Milde rechnen können, ebenso wenig wie ein Asylbewerber, den die souveräne Ausstrahlung berufstätiger Frauen zu blindwütigen Übergriffen verleitet.

Wer sich einbildet, einen jüdischen Friedhof schänden zu können oder in unseren Wäldern debile Nazi-Spielchen auszurichten, wird in Zukunft die harte Hand unserer Strafverfolger in seinem Nacken spüren, deren Budget wir erhöhen, deren Kompetenzen wir ausweiten und deren Personaldecke wir stärken werden.

Und wer meint, er habe das Recht, seine Frau mit einem Za'atar-Mörser zu bearbeiten, da sie sich ohne die schwarze Kutte in die Fußgängerzone vorgewagt hat, für den werden wir einen schönen Platz in einem libyschen Flüchtlingslager finden, liebe Freundinnen und Freunde. Hierzu wird notwendig sein, unsere Abschiebepraxis konsequent zu flexibilisieren.

Es geht uns nicht um politisch korrekte Phantomdebatten, sondern zum Beispiel darum, dass die grüne Multikulturalistin nach Einbruch der Dunkelheit auf ihrem Einrad weiterhin vom Naked Yoga zum Ayahuasca-Happening fahren kann, ohne von radikalisierten Kleinkriminellen rituell ermordet zu werden.

DIE KNUTE

Wer als Imam den Boden unseres Grundgesetzes verlässt, den werden wir vom Boden unseres Staatsgebietes entfernen, liebe Freundinnen und Freunde. Und auch der Finanzierung von deutschen Moscheen durch arabische Diktaturen werden wir in Zukunft enge Grenzen ziehen: Für jede Genehmigung werden wir von unseren Partnern in ihrem eigenen Lande ein gewichtiges Signal der Toleranz für unsere Zivilreligion der individuellen Freiheit erwarten, bei dem es sich etwa um das Ausrichten einer opulenten Parade aus Anlass des Christopher Street Day wird handeln können.

Gerade in einer Gesellschaft wie Saudi-Arabien, in der Schwule gekreuzigt werden, obwohl einer aktuellen Studie des Militärkrankenhauses in Dschidda zufolge die Mehrzahl aller saudischen Männer zur homosexuellen Liebe tendiert, könnte eine solche Parade eine heilsame Katharsis einleiten.

Wenn über Riad die Sonne zu sinken beginnt, steigen die Beduinen paarweise in babyblaue Biturbo-Mercedesse, um auf glühenden Asphaltbändern in Richtung entlegener Wüstentäler zu beschleunigen. In Zelten aus Brokat treffen dann ihre wolkengleichen Leiber aufeinander, die Verzückung lässt ihre Fettpolster wogen wie die Arabische See, während ihre deutschen Maschinen draußen auf dem Sande in jeder Millisekunde Tausende von operativen Parametern an die Zentrale in Untertürkheim funken.

Wer mit Aggressionen gegen unsere schwulen Brüder danach trachtet, seine innere Zerrissenheit zu kurieren, den werden wir Deutschen nicht mehr mit einer verständnisvollen Therapeutin, sondern mit einem Knebel aus Latex bekannt machen, mit einer geflochtenen Knute, mit einer Haselnussrute, liebe Freundinnen und Freunde.

Was wir allerdings nicht brauchen, um den puritanischen Gefahren zu begegnen, sind die lachhaften Playmobil-Nazis aus den Reihen unserer Rechtspopulisten, verkrachte Existenzen, die gegen die deutsche Erbsünde anmosern, um sich auf billige Weise als »unbequem« zu profilieren. Wir brauchen keine naseweisen Vollidioten, die sich mit Holocaust-Provokationen in die Presse mogeln, um sich auf Kosten der Steuerzahler dann an irgendeinen Sessel zu kleben. So werden wir nicht gewinnen, liebe Freundinnen und Freunde.

DER KOLIBRI
Wem der Klang einer Frauenstimme als dämonische Verführung gilt, der kann uns Deutschen gestohlen bleiben. Wer sich einbildet, seine minderjährige Tochter verheiraten zu können, um sich von der Mitgift einen vierflutigen Sportauspuff zu leisten, wird umgehend mit der Holzklasse der Ariana Afghan Airways Bekanntschaft machen. Wer die Annahme trifft, seine Gattin verprügeln zu können, da sie zum Hammel das falsche Ziegenjoghurt gereicht hat, den werden wir in seine Wüste zurücktreiben.

Diese Maßnahmen mögen als politisch inkorrekt erscheinen, aber: Wie politisch korrekt ist bitte der mittelalterliche Islam? Wie politisch korrekt ist es, junge Mädchen wegen Verstößen gegen die Schminkverordnung auf öffentlichen Plätzen lustvoll mit Tausenden von Peitschenhieben zu fleddern, während in den Mündern der Gaffer die Dattelkerne von Backe zu Backe wandern?

Wer sich erlaubt, unseren Frauen auch nur die Laune zu verderben, den werden wir unseres Landes verweisen. Ja, wer beim Anblick einer Klitoris an Beschneidungswerkzeuge denkt und nicht an den eigenen verwöhnenden, Kolibrigleichen Zungenschlag, für den werden wir in unserer Gesellschaft keine Verwendung haben. Der soll bleiben, wo der Pfeffer wächst, liebe Freundinnen und Freunde.

DIE WÖLFE

Denn wir deutschen Männer verehren unsere Gefährtinnen, unsere Mütter und Töchter, unsere Freundinnen und Kolleginnen. Unsere Frauen haben uns zu modernen Männern erzogen, die sich nicht nur durch ihre Leistungsbereitschaft, sondern auch durch ihre Frustrationstoleranz auszeichnen. Die im Konfliktfall nicht reflexartig zur Peitsche, sondern kontrolliert zur Flasche greifen.

Wenn unsere Frauen uns die kalte Schulter zeigen, um sich ihre Optionen offenzuhalten, dann können wir das ertragen, liebe Freundinnen und Freunde. Dann führen wir sie nicht in ein verlassenes Fußballstadion, um sie vor den Kameraden mit einer Kalaschnikow zu durchsieben. Dann buddeln wir sie nicht bis zum Halse ein, um ihnen bis zum Eintritt des Todes tennisballgroße Steine an den Kopf zu werfen.

Wenn unsere Frauen den Entschluss getroffen haben, uns ihre Karrieren vorzuziehen, dann müssen wir sie darin bekräftigen. Dann müssen wir ihnen gratulieren. Ohne zu klagen. Ohne zu weinen. Dann müssen wir uns an unseren großartigen Bieren festhalten, an unseren famosen Bränden, an unseren furiosen Steilterrassenweinen. Wir Deutsche haben keine Angst vor der Schwermut, liebe Habibis und Habibtis.

Wenn unsere Frauen uns seelische Wunden schlagen, dann schließen wir die Augen, dann sind wir frei. Dann verschwinden wir. Dann sind wir junge Zweige, die sich im Morgenwinde wiegen. Dann sind wir Brunnen, die rauschen. Dann sind wir silberne Wölfe, liebe Freundinnen und Freunde, die mit entblößten Eckzähnen auf den Gipfellinien unserer Hügelketten patrouillieren.

Victor hatte die Eingebung, das Manifest an Ali Osman zu schicken, seinen alten Freund, mit dem er während ihrer Jahre an der LSE in einer Beletage in der Ledbury Road zusammengewohnt hatte. Mit schiefen Böden und Mäusen und ohne Wasserdruck, der typische Londoner Drittweltstandard, aber für zwei 19-Jährige war das schon eine ziemlich feudale Wohnung gewesen, eine Altbauetage in der Nähe der Pharmacy, einer Bar, die Damien Hirst wie eine Apotheke eingerichtet und die sich ein Schlupfloch in der britischen Drogengesetzgebung zunutze gemacht hatte, um sich auf halluzinogene Absinth-Cocktails zu spezialisieren.

Ohne dies zu planen, ja, ohne irgendetwas zu wissen, hatten sich die beiden Studenten im Epizentrum des seltsamen kulturellen Höhenfluges angesiedelt, den England damals erlebte. Gegenüber wohnte Stella McCartney, aber ein paar Häuser weiter ragte ein Sozialwohnblock empor, in dem man sich bei jamaikanischen Großfamilien mit Marihuana eindecken konnte. Und überall wurden Spielfilme gedreht, vor verrauchten Pubs, in denen man noch mit echten Arbeitern saufen konnte, Klempnern und Rohrlegern mit jeweils zwei, maximal aber drei Zähnen.

Für die Miete hatte Victor sein bescheidenes Erbe verbraten, anders als Ali, der einer wohlhabenden Familie entstammte. Sein Großvater Kadir war im Jahr 1964 aus Vezirköprü nach West-Berlin gekommen, mit einer groben Pferdedecke über seinen kräftigen Schultern, mit einem deutschen Vokabular, das nur aus »Achtung«, »Hitler«, »Bratwurst« und »Scheiße« bestanden hatte, mit seiner Frau und sieben Kindern, um als Löter bei Siemens in die deutsche Wirtschaft einzusteigen.

Seine Söhne machten sich später in der Gastronomie selbstständig, mit einem – wie sich herausstellen sollte – disruptiven Konzept, das sie zu Hause mit ihrer Mama entwickelt hatten: Die Sehnsucht nach bewusster Ernährung sowie die Megatrends Beschleunigung und Prekarisierung vorausahnend, hatte die Küchenrunde eine preiswerte Grillmahlzeit im Fladenbrot ersonnen, die nicht nur alle relevanten Lebensmittelgruppen in sich vereinte, sondern auch ideal zum hektischen Verzehr etwa in der U-Bahn geeignet war.

Natürlich ist hier vom Döner die Rede, der nach seiner Lancierung durch den Osman-Klan zum stärksten Umsatzbringer im deutschen Fastfood-Bereich aufsteigen und dabei die imperialistischen Klopse-Kraken auf die Plätze verweisen würde, trotz der höheren kulturellen Legitimität des Cheeseburgers, die sich ja immerhin aus dem Sieg der Alliierten über das Nazi-Regime speiste.

Die Osman-Brüder brannten dafür, die kulinarische Einöde ihrer neuen Heimatstadt mit Oasen der kühlenden Joghurtcrème zu bereichern, der erdigen Grillnoten und der provokativen Knoblaucharomen. Dem in Berlin vorherrschenden Kantinenfraß à la Hackbraten in brauner Soße wollten die Gründer einen Akkord aus sinnlicher Paprika und pikantem Mutterkümmel entgegenstellen sowie der Frische der knackigen Weißkohlkomponente, die mit ihrer anregenden Wirkung auf die Verdauung den entscheidenden Beitrag zur erstaunlichen Bekömmlichkeit dieser doch ziemlich deftigen Kombination leistete.

Mit Gründlichkeit, Höflichkeit, Ehrlichkeit, Pünktlichkeit, Sauberkeit, Ordnungsliebe, Pflichtbewusstsein, Vorfreude und Gelassenheit trieben die Osman-Brüder dabei die vertikale Integration ihrer Unternehmensgruppe voran, um ihre Fahne in immer weitere Stufen der Wertschöpfungskette zu pflanzen, von Bäckereien und Fleischverarbeitungsbetrieben bis hin zur Entwicklung fortschrittlicher Drehspießproduktlinien, die sie nicht etwa in Guangzhou fertigen ließen, sondern in der alten Schokoladenfabrik in der Urbanstraße, auf deren Dach als Menetekel ein überdimensionaler Neon-Dönerspieß in den Kreuzberger Himmel ragte.

Alis Vater hatte dessen Hälfte der Miete daher einfach direkt überwiesen, und wenn Victor am Ende des Monats mal wieder pleite gewesen war, hatten die beiden am Notting Hill Gate immer feierlich ein Shawarma gegessen, um auf Alis Osman-Group-Firmenkreditkarte dann wie auf einem fliegenden Teppich in die Pharmacy einzusegeln.

Die beiden waren schon am *orientation day* ins Gespräch gekommen, in der Schlange zur Anmeldung bei der *debate society*, in der Ali durch einen finsteren Auftritt Wochen später zur Legende geworden war, durch eine Debatte, die er mit sich selber geführt hatte; an das genaue Thema konnte sich Victor nicht mehr erinnern. Auf jede seiner unstrittigen Thesen hatte Ali deren einleuchtendes Negativ folgen lassen, auf jeden gerechtfertigten Standpunkt dessen über jeden Zweifel erhabenes Gegenteil, bis sich mitten in der Realität ein schwarzes Loch gebildet hatte.

An seinem Mitbewohner hatte Victor auch dessen Naturtalent zum Milieuwechsel beeindruckt, denn mit 14 hatte Ali nach der Schule ja wirklich *am Drehspieß gestanden*, und nun saß er neben Victor zum Beispiel in Chelsea bei einer ihrer Professorinnen zu Hause, die mit dem Chef von Cazenove & Company verheiratet war. Im Cheyne Walk, auf bronzenem Chintz, in dem chinaroten Cocktailzimmer, in dem sie ihre Vorlesungen über *comparative economic systems* zu näseln pflegte und in das der Türkenjunge vom Kottbusser Tor so gut hineinpasste, als ob er der achte Earl von Irgendwas gewesen wäre.

Nach seinem Abschluss hatte Ali in London für den *Economist* und in New York für den *Spiegel* gearbeitet, um sich für die Grünen im Berliner Wahlkreis 83 dann um ein Direktmandat für den Bundestag zu bewerben, das er mit links gewonnen hatte, gleichsam auf Lebenszeit: Ein Kreuzberger Junge, der es vom Maybachufer bis nach Manhattan geschafft hatte, aber aus Heimweh und Lokalpatriotismus in seinen Kiez zurückgekehrt war – gegen dieses Figurenprofil waren seine politischen Konkurrenten fortan ohne Chancen geblieben.

Seine privilegierte Herkunft hatte ihm dabei nicht im Wege gestanden, da die Osman Group, die seit der Jahrtausendwende zu den größten Vermietern in Kreuzberg zählte, nicht nur eine moderate Mietpreispolitik, sondern auch hohe Standards bei der Instandhaltung zu ihren Markenzeichen gemacht hatte.

Für ein paar Jahre hatte Ali den Fraktionsvorsitz innegehabt, ihn aber nach der Katastrophe in Fukushima abgegeben, um sich wieder stärker in den elterlichen Betrieb einzubringen. Vor allem in die Stiftung seiner Familie, die er in Anlehnung an die Düring Foundation aus *Homeland* auf den Namen Dürüm Foundation getauft hatte und deren Mission es war, begabte Jugendliche aus problematischen Kreuzberger Verhältnissen an internationalen Eliteuniversitäten unterzubringen.

Der wirkliche Grund für den Rückzug war gewesen, dass Ali die Grünen nicht ertragen konnte, und schon gar nicht im Rausche des Triumphes, den der Tsunami für sie bedeutet hatte: Die Sintflut in Japan, mit der die Natur ihre Rache genommen habe, für das Schindluder, das wir mit ihr trieben, war für viele Grüne die heiß ersehnte kosmische Validierung ihres gerechten Kampfes gewesen.

Alis Wahlsiege hatten ihn unabhängig gemacht, er fühlte sich auch nicht an die programmatischen Linien der

Partei gebunden, sodass er mit einer Artikelserie in der *Zeit* im Jahr zuvor einfach mal damit begonnen hatte, den politischen Diskurs in Deutschland von Bullshit zu bereinigen. Bei der Integration hatte er dank seines Migrationshintergrundes zum Beispiel für strenge Regeln und harte Sanktionen argumentieren können, ohne Anstoß bei der grünen Basis zu erregen, was ein Kunststück gewesen war, da Grenzen für viele Grüne ein Fetisch homophober Spießer waren, denen wohl am ehesten mit einer taoistischen Prostatamassage geholfen wäre.

Ali hatte den Deutschen eine Abfolge reinigender »Endlich sagt's mal einer«-Augenblicke beschert, was seine ohnehin schon hohen Sympathiewerte auf Bundesebene ins Enorme gesteigert hatte. Vor allem Frauen fühlten sich zu ihm hingezogen, der als Junge mit seiner Mama, vier Schwestern, drei Tanten und elf Cousinen unter einem Dach gelebt hatte, der mühelos von Sohn auf Bruder auf Gigolo umschalten konnte oder seine Spezialität, den perfekten deutschen Schwiegersohn zum Besten geben. Und hey, Ali war schön, aber nicht auf harmlose Weise, denn hinter seiner gefälligen Latin-Lover-Visage war immer eine archaische Prise Räuber Hotzenplotz zu erahnen.

Victor tippte »Der Hessische Landbote« in die Betreffzeile, und als er auf »Senden« drückte, klingelte es an der Tür, sodass der Eindruck entstand, als ob der »Senden«-Knopf seiner Inbox mit der Klingel seiner Suite verbunden gewesen wäre. Im Jahr zuvor hatte das Adlon den obersten Entenmeister der Jing-Jin-Ji Central Duck Canteen abgeworben, und als Victor sich beim Durchwehen der Suite nun ausmalte, wie seine Zähne durch mürben Reisteig, saftiges Keulenfleisch, knusprige Haut, milde Frühlingszwiebeln und knackige Gurken dringen, während die sämig-kühle Hoisin sich an seinen Gaumen schmiegen würde, schauderte er vor Wohlgefallen.

Ein chinesisches Landschaftspanorama flackerte durch seine Wahrnehmung, auf einer zartrosafarbenen Seidenrolle, mit U-Boot-Werften und Sonderwirtschaftszonen und Bambushainen und Entenküken, die sich unter kitschigen Wasserfällen vor feuerspeienden Drachen verbargen.

Der chinesische Meister hatte für seine Arbeit den historischen Luftschutzkeller unter dem Hotel requiriert, um einen Ablauf zu implementieren, der auf dem in der Yuan-Dynastie entwickelten Shaoyazi-Verfahren basierte: Nach einer Kindheit in Mecklenburg, wo sie frohen Mutes auf einem klaren See umherpaddelten, wurden die Enten im Adlon angeliefert, wo sie mit Garnelen gestopft und in winzigen Käfigen gehalten wurden, um sie aufzublähen und dabei ihre Muskeln atrophieren zu lassen.

Dann wurden sie getötet, gerupft, massiert, entleibt, zugenäht, aufgeblasen, blanchiert, getrocknet und eingepinselt, bevor die Wärter ihnen filigrane Eisenhaken in die Schädel hämmerten, um sie an diesen in der Kaverne des Felsenofens aufzuhängen. Für dessen Abluft hatte die Kempinski-Gruppe den Bau eines Schornsteins genehmigt, der bis über die Papp-Dachgaube hinaus gemauert worden war, um durchreisenden Flugenten mit dem Aroma garender Artgenossen Feindesland zu signalisieren.

SECHS

Auf dem Weg nach Falkenstein war der Waldboden mit eisblauen Krokusblüten überzogen, und Victor wischte den Impuls beiseite, seine Tochter zu wecken, um diesen Anblick mit ihr zu teilen. Sie hatte Karate und Cello an Dienstagen und schon mehrfach gegähnt, während er ihren Instrumentenkoffer auf der Rückbank verstaut hatte. Und dann war sie eingeschlafen, ihr Kopf an den Arm gelehnt, den er zu ihr hinübergestreckt hatte, sodass Victor die letzte halbe Stunde einhändig gefahren war.

Er hätte ewig so weiterfahren können. Aus dem Tal unter der Straße kam das Branden des Felsenbaches, in dem er in Victorias Alter Flusskrebse gefangen hatte. Victor war hier oben aufgewachsen, er fühlte sich zu Hause in dieser Landschaft. Wenn er in den Regen kam, in fremden Städten, und ein Park war in der Nähe, dann transportierte ihn der kalte Sauerstoff direkt in seine Kindheit, in der er sich rücklings auf die weichen Moose gelegt hatte, um sich im Wogen des Blätterhimmels zu verlieren.

Mit neun war er mit seinem Vater nach Frankfurt gezogen, aber davor war er an den meisten Tagen bis zur Dämmerung im Wald gewesen, hinter dem Garten des Bungalows seiner Eltern, um dessen drückenden Räumen zu entfliehen und später natürlich der immer präsenten Abwesenheit seiner lieben Mutter, der er gar nicht hatte Lebewohl sagen können: An einem Tag im Februar war er aus der Schule gekommen, und es hatte sie einfach nicht mehr gegeben. Es war nur noch dieser dunkle Fleck da gewesen, auf dem Teppich vor dem Kamin, wo seine Mama nach der Hirnblutung mit ihrem Kopf aufgeschlagen war.

Schatten flogen über das crèmefarbene Leder, mit dem Victor auch das Armaturenbrett hatte überziehen lassen – eine Sonderausstattung, für die Porsche den Gegenwert eines VW Polo berechnet hatte. Er wusste noch genau, wo hier die Brombeeren wuchsen und an welchen Stellen die überwucherten Stahlbetontrümmer aus dem Waldboden ragten.

Auf Restalkohol war er im Operncafé gerade durch das vierteljährliche Partners' Meeting der Birken Bank gesegelt. Er war mal wieder zu spät gekommen, woran diesmal aber wirklich die Lufthansa schuld gewesen war, und hatte sich bei der Begrüßung von einer seltsamen Verbindlichkeit übermannt gesehen – er hatte Baldur ein freundschaftliches »Na mein Lieber« entgegengefeuert, bevor er Julia zwei viel zu intensive Küsse auf die Wangen gedrückt hatte, und dabei einen nackten Oberarm umklammert, dessen perfekter Zustand ihm eine Geschichte von einsamen Abenden auf dem Crosstrainer erzählt hatte.

Sie hatte jung ausgesehen, mädchenhaft sogar, trotz dieser Versehrtheit in ihrem Gesicht, durch die Jahre, die Kompromisse, die Anfeindungen, vor allem aber durch das Alleinsein, das hätte Victor nicht mit Sicherheit sagen können, aber er hatte ein Gespür für die verborgenen Verwundungen seiner Mitmenschen. Ihm hatte ihre ärmellose Bluse gefallen, mit elfenbeinfarbener Seidenschleife, und ihre geflochtenen Zöpfe natürlich, mit denen seine Partnerin ihm an diesem Dienstagmittag als zum Pferdestehlen aufgelegte dänische Internatsschülerin erschienen war.

Hatten sie damals in London wirklich miteinander geschlafen? Möglich war das natürlich, aber Victor war sich diesbezüglich nie sicher gewesen. Er hatte sich das schon zu oft vorgestellt, um daran noch eine saubere Erinnerung zu haben. In diesem Augenblick hätte er sofort mit ihr geschlafen, er hätte ihr Becken massiert, ihre schmalen Hüften, er hätte einen Finger in ihren Anus eingeführt, mit Crème de la Mer. Er hätte ihre Düfte gesogen, er hätte ihre Lüfte geatmet, um dann mit glänzendem Kinn seine Zegna-Hose aufzuknöpfen, um ihr zu zeigen, wo der Barthel den Most holt, wie sein Großvater immer gesagt hatte – dies waren die Gedanken in seinem Kopf gewesen, hinter der Fassade seiner schon leicht zerknitterten Partner-Persona.

Durch einen Teller Roastbeef und einen Liter San Pellegrino einigermaßen wiederhergestellt, hatte Victor dann begonnen, die politische Überzeugung der Birken Bank für das kommende Quartal zu umreißen. In Anbetracht der Erfolge des koordinierten Kapitalismus chinesischer und kalifornischer Prägung sei absolut überfällig, die Reifung des deutschen Staates zum Unternehmer voranzutreiben, mit Kaltblütigkeit, mit Ausgelassenheit, mit Angriffslustigkeit.

In diesem Spirit habe er mit dem Bundesfinanzminister am Vortag die staatliche Übernahme des Schluchseewerkes vereinbart – zugegeben, ein eher bescheidener Deal, aber der erste Schritt in Richtung einer de facto unvermeidbaren öffentlichen Rettung der großen deutschen Energieversorger, bei der die Birken Bank naturgemäß die Führungsrolle anstrebe.

Die reibungslose *execution* dieser ersten Welle aus Investitionen werde ihr Unternehmen für die Federführung bei einer Kaskade aus Folgetransaktionen prädestinieren – dem Wiedereinstieg bei der Lufthansa, der Stabilisierung der Deutschen Bank, dem Bau der weltgrößten Batteriefabrik oder der Gründung der German Ocean, eines nationalen Verbundes aus Hochseereedereien, um der deutschen Exportwirtschaft logistische Planungssicherheit zu garantieren – der Fantasie seien hier keine Grenzen gesetzt, nicht zuletzt im Hinblick auf die kompromisslose Flexibilität unserer radikalen Bundeskanzlerin.

Beinahe hätte er die Kontrolle über sich verloren, beinahe hätte er von einem gewaltigen nationalen Fonds zu predigen begonnen, als Bollwerk gegen die imperialen Gelüste der Chinesen, die vorhätten, ihr kunstseidenes Band um die Erde zu schlingen, um allen anderen Völkern den Atem abzuwürgen, aber eben nur beinahe, denn Victor konnte genau kompartmentalisieren, das war schon immer so gewesen.

Als er den beiden dann noch von seinem besonderen Rapport mit dem Minister erzählt hatte, vom 812, dem *italienischen Meeting*, von der hochbeinigen Lagunenkrabbe, hatte er in den Gesichtern seiner Partner die Überraschung der Analyse weichen sehen, die Zweifel der Belustigung, die Vorbehalte dem Freibeutertum, und schon waren die beiden stramm auf der neuen offiziellen Parteilinie gewesen:

»Denkverbote können wir uns nicht leisten«, hatte Julia aufgeschlagen, »unsere Tätigkeit erfordert immer eine ergebnisoffene Betrachtungsweise.«

»Wenn sich paradigmatische Verwerfungen ergeben«, hatte Baldur retourniert, »müssen wir jederzeit bereit zum fundamentalen Reboot sein.«

»Mal ganz ehrlich«, so Julia weiter, »Privatisierungen hab ich insgeheim immer für unsinnig gehalten: Beteiligungen abstoßen, um den Haushalt zu entlasten, ist wie die Waschmaschine verkaufen, um die Stromrechnung zu bezahlen.«

»Das *Valley*, Freiheit statt Bürokratie – das kann ich auch nicht mehr hören.«

»Das Internet? Hat ein Beamter erfunden.«

»Und HTML und HTTP ...«

»Und den Touchscreen.«

»Und die Satellitennavigation, die beim Anpeilen einer Taco-Bude rein zufällig genauso hilfreich ist wie bei der Zielführung einer Atomrakete.«

»Die Photovoltaik.«

»Die Seenotrettung.«

»Die Nanotechnologie.«

»Den Lithium-Ionen-Akkumulator.«

»Und die Concorde – seid ihr eigentlich mal mit der Concorde geflogen als Kinder?«

»Schon die Eisenbahn, denn ich frage euch: Was wäre die industrielle Revolution ohne die Eisenbahn gewesen?«

»Und die Post, habt ihr mal versucht, 'ne Post zu finden in den letzten Jahren?«

»Geht ja gar nicht, da muss man jetzt immer zu irgendwelchen Getränkemärkten in den Rotlichtvierteln …«

»Welche Rotlichtviertel denn bitte? Die sind doch alle dem urbanen Flair zum Opfer gefallen.«

»Die Stärke der Birken Bank liegt in unserer Eintracht, in unserer Teamfähigkeit«, hatte Victor zusammengefasst, bevor er sich abrupt verabschiedet hatte, mit dem magischen Sympathiejoker des arbeitenden Mannes in westlichen Gesellschaften: Er habe sich den Nachmittag freigenommen, um *quality time* mit seiner Tochter zu verbringen.

Vor Victorias Schule hatte sich Victor dann einen heldenhaften Poser-Auftritt geleistet und dabei die verwilderten Blicke der ausgehungerten Westend-MILFs auf sich gezogen: heller Anzug ohne Krawatte, flaschengrüne Sonnenbrille, mit seinem emissionsfreien Sportwagen in zweiter Reihe, mitten an einem Werktag völlig entspannt an einen elegant geschwungenen Carbon-Kotflügel gelehnt. Natürlich ohne Telefon, wie es sich gehört für einen vorbildlichen Vater, aber ja auch nach der Devise: Reich genug, um es sich leisten zu können, nicht erreichbar zu sein. Wichtig genug, um es nicht nötig zu haben, sich hier wichtig zu machen und so weiter.

In seiner Jugend waren Privatschulen etwas für die eher moderaten Talente gewesen, aber Victor hatte seine Kommentare für sich behalten, um Antonia nicht in ihre Entscheidung hineinzureden. Er würde sich diesen neureichen Deppenverein allerdings nur bis zur vierten Klasse ansehen. Seine Tochter würde keine *Singularity School* besuchen, keine *Metropolitan Academy* oder etwas in dieser Art, nein: Victoria würde das staatliche Lessing-Gymnasium absolvieren, wie ihr Vater vor ihr, so viel war klar. Das würde er schon sicherstellen. Wenn sich da irgendwelche Hindernisse auftun sollten, dann würde er eben eine neue Theaterbühne spenden oder ein Planetarium oder was auch immer.

In sanften Todesspiralen segelten die geflügelten Früchte der Birken über der Fahrbahn. Victor hatte ein schlechtes Gewissen, da es zu seinen eisernen Regeln zählte, nicht verkatert zu sein, wenn er Zeit mit Victoria verbrachte, aber der Richebourg hatte sich im Adlon zu einer solchen Ungeheuerlichkeit entfaltet, dass er sich natürlich noch eine zweite Flasche bestellt hatte.

Er konnte ihren Atem hören, ihm stiegen Tränen in seine Augen, denn er fühlte sich geborgen in ihrer Gegenwart – er hatte den Eindruck, nur in Anwesenheit seiner Tochter überhaupt er selber zu sein. Victoria hatte ihr weißes Einhorn dabei, das sie im Schlaf an sich drückte, da es in Gefahr schwebte: Ein schwarzer Ritter, hatte sie ihm erzählt, sei darauf erpicht, dem Tier das Horn zu klauen, um mit dessen Zauberkräften »das Königreich an sich zu reißen«.

Victor hatte ihr Baumhaus mit Zeichenkohle skizziert, auf einem DIN-A3-Bogen aus dem Farbkopierer, spätabends im Büro, eine Flasche Meursault neben sich, einen Knust Brot, einen Behälter mit Grüner Soße. In mehreren Ansichten und Querschnitten hatte er ein verwunschenes Luftschloss umrissen, das er gerade so weit hatte bauen lassen, dass er die letzten Schritte eigenhändig würde erledigen können, um vor seiner Tochter als kompetenter Handwerker zu erscheinen.

Am Wochenende zuvor hatte er die Fliegengitter eingepasst, die Wände gebeizt, die Lampen montiert und die Lattenroste in die schmalen Kojen gelegt, sodass die beiden sich nun auf das Interieur konzentrierten. Victor rollte den Isfahan aus, und Victoria begann, die Fotos aufzuhängen, die er hatte rahmen lassen, an der knorrigen Wand über dem Kopfende ihres Bettchens.

Auf einem der Fotos war sie in Griechenland zu sehen, vor einer großen Nutella-Waffel, am Hafen von Amorgos, in einem Matrosenkleid mit breitem Kragen, unter einer Wäscheleine, auf der violette Oktopoden in der Sonne trockneten. Das war im vergangenen Sommer gewesen. Drei Wochen durch die Kykladen, auf zufälliger Route, auf charmanten Seelenverkäufern, nach einer Nacht in Athen, in diesem Hotel auf dem Lykabettus-Hügel, auf dessen Dach Victoria sich abends noch in den Pool gestürzt hatte, während Victor auf einer Liege ein erstes Mythos getrunken und in das ominöse Strahlen der Akropolis gestarrt hatte.

Jetzt im Sommer würden sie wieder fahren – er hatte noch nicht gebucht, aber war ja auch nicht darauf angewiesen, sich preiswerte Tarife zu sichern oder etwas in dieser Richtung. Am liebsten wäre er einfach privat geflogen, in einer Falcon 900 mit butterweichem Leder innen, anstatt sich in eine Sardinenbüchse zu klemmen, aber er wollte Victoria nicht zu sehr verwöhnen, wofür es in Anbetracht ihrer schwebenden Schindelkemenate möglicherweise schon zu spät war.

Als er sich auf deren Veranda in die Montage des Wasserbombenkatapults vertiefte, der im Hinblick auf die riesigen Fensterflächen seines Hauses wohl nicht seine allerbeste Idee gewesen war, setzte sich Victoria in ihren Adirondack-Terrassensessel, um hinauf in die Wolken zu blicken. Sie hatte einen ihrer typischen Frage-Tage:

»Papa?«

»Ja mein Kindchen?«

»Wer macht den Donner?«

»Der Petrus.«

»Wer ist das?«

»Ein Adlatus vom lieben Gott.«

»Was ist ein Latus?«

»So ein beigeordneter Unterling.«

»Ein was?«

»Ein Helferlein.«

»Kriegt der Geld?«

»Nein, der arbeitet umsonst.«

»Kann der sich nichts kaufen?«

»Im Himmel muss man nichts bezahlen.«

»Auch nicht Schokolade und Eis?«

»Nein.«

»Wie holt man die?«

»Auf der süßen Wolke.«

»Welche ist die?«

»Die sieht man leider gerade nicht.«

Am Himmel schwebten pummelige Kumuli, an Schrotpatronen gemahnend, wenn man so wollte, mit ihrem Grau auf Industrieabgase verweisend, die es im Taunus ja nicht gab – den Wolken war keine schlüssige Symbolik abzugewinnen. Wenn er lange genug gestarrt hätte, wusste Victor, hätte er in einer Wolke aber natürlich eine Kirschblüte gesehen oder einen Totenschädel; noch länger, und ihm wäre sein eigenes Gesicht erschienen, mitsamt der großväterlichen Adlernase.

»Wer hat sich das ausgedacht?«

»Der liebe Gott.«

»Warum?«

»Am Anfang war gar nichts, nur Leere und Dunkelheit. Das war dem lieben Gott irgendwann zu langweilig. Also hat er sich eine Woche Zeit genommen, um sich die Welt auszudenken, die Länder und die Meere, die Täler und die Berge, die Wüsten und die Wälder, den Mond und die Sterne, die Menschen, die Unken, die Wölfe und die Zwerge.«

»Und die Katzen und die Kaulquappen!«

»Sehr richtig, mein Kindchen.«

»Was sind Unken?«

»Unken sind kleine Wasserschlangen, die in den Bächen und Tümpeln der Wälder leben.«

»Sind die gefährlich? Haben die Gift?«

»Nein, die tun den Menschen nichts. Früher haben die Kinder mit den Unken sogar ihre Milch geteilt.«

»In einer Woche hat der Gott das gemacht?«

»In nur sechs Tagen sogar.«

»Was hat er danach gemacht?«

»Dann hat er sich ausgeruht und zugeschaut. Und die Menschen sind langsam immer klüger geworden. Am Anfang haben sie aber noch in Höhlen im Wald geschlafen und hatten keine Kleider zum Anziehen.«

»Hat man da von allen die Popos gesehen?«

»Von vielen, manche haben sich ein Fell umgebunden. Und dann haben die Menschen immer neue Werkzeuge erfunden, zuerst einfache, also Scheren zum Beispiel, mit denen sie sich die zotteligen Haare geschnitten haben, oder Sägen, mit denen sie Bäume fällen und sich aus dem Holz einfache Häuser bauen konnten.«

»Wie haben die sich die Popos abgewischt?«

»Mit Blättern von den Bäumen, Victoria.«

»Hat das gejuckt?«

»Ja, denn manchmal haben sie Brennnesseln erwischt.«

»Und dann gab es Flugzeuge und Waffeleisen und das Internet?«

»Genau, und der liebe Gott schaut immer weiter zu, und wer lieb war in seinem Leben, der kommt in den Himmel, wenn er gestorben ist, und wer böse war, der kommt in die Hölle, tief unter der Erde, da brennt ein ewiges Feuer.«

Mit ihrer Mama war Victor übereingekommen, die Sache mit dem lieben Gott so lange wie möglich aufrechtzuerhalten, denn der frohen Kunde von der Zufälligkeit, der Vergeblichkeit, der Unwirklichkeit, der Sinnlosigkeit und so weiter, der erschütternden Wahrheit also, die das Leben der Erwachsenen überschattet, würde Victoria noch früh genug auf die Schliche kommen.

Auf keinen Fall würden sie ihrer Tochter initiativ mitteilen, dass man irgendwann ohne Grund einfach verschwindet und vergessen wird und nie mehr wiederkommt, um sie nicht unnötig zu deprimieren, aber auch für den Fall, dass sie eine schwere Krankheit bekäme – denn was sollte man einem Kind erzählen, wie sollte man ihm die Angst nehmen, wenn es keinen Himmel gäbe? Wenn auf die tapfere kleine Persönlichkeit nur ein gefrorenes Vakuum wartete?

Der Gedanke daran, dass seinem Kind etwas zustoßen könnte, presste Victor wie immer die Luft aus den Lungen, und er musste sich zusammenreißen, um sich seine Verstörung nicht anmerken zu lassen. Ihm war völlig klar, dass sein Beschützerinstinkt Victoria gegenüber die Grenze ins Krankhafte überschritten hatte, dass er als verhaltensauffällig, ja, als gefährlich zu klassifizieren war in dieser Hinsicht. Vor ein paar Wochen zum Beispiel, an der Kasse bei Jacadi in Königstein, als ein Stecktuchträger sie angerempelt hatte, sicher ohne Absicht, hatte Victor den Mann davon in Kenntnis gesetzt, mit einer seelentoten Henkerstarre, dass er ihm »die Wirbelsäule herausreißen« würde, wenn er seiner Tochter noch einmal zu nahe käme.

»Warst du auf einer Reise?«, fragte Victoria. »Weil du hattest dein Köfferchen dabei.«

»Nur für eine Nacht, in Berlin.«

»Ist Berlin schön?«

»Nicht so schön wie Paris oder Wien, weil Berlin im Krieg zerstört wurde.«

»Was ist noch mal ein Krieg?«

»Ein Krieg ist, wenn ein Land ein anderes Land überfällt und sagt: So, wir bestimmen jetzt alles, ihr müsst machen, was wir wollen, sonst töten wir euch.«

»Haben die Deutschen ein Land überfallen?«

»Die Deutschen haben viele Länder überfallen, und die Länder haben sich dann irgendwann zusammengetan und sind in Flugzeuge gestiegen und haben ganz viele Bomben auf Berlin abgeworfen, um die Deutschen zu bestrafen.«

»Waren die Deutschen böse?«

»Ja, leider.«

»Sind die Deutschen immer noch böse?«

»Nein, heute sind die Deutschen lieb.«

»Wie böse waren die?«

»Die Deutschen waren sehr, sehr, sehr böse, die Allerbösesten von allen.«

»Was haben die gemacht?«, fragte Victoria, nun schon ein wenig bleich.

»Die Deutschen haben Menschen getötet.«

»Viele?«

»Ja, leider.«

»Tausend?«

»Viele Millionen Menschen, Victoria.«

»Mit Pistolen?«

»Manche, aber die meisten anders.«

»Wie?« Jetzt flüsterte Victoria.

»Die Deutschen haben eine böse Maschine gebaut und da mussten die Menschen reingehen und wurden getötet.«

»Was war da in der Maschine?«

»Das will ich dir nicht erzählen, Kindchen, sonst kannst du nicht gut schlafen. Wir sollten jetzt mal über was anderes ...«

»Warum haben die das gemacht?«

»Das weiß man nicht, Victoria. Ein paar Deutsche haben angefangen und dann haben fast alle Deutschen mitgemacht.«

»Warum hat keiner gesagt, die sollen aufhören?«

»Das haben schon ein paar Leute gesagt, aber nicht genug.«

»Leben die Bösen noch?«

»Nein, die sind alle gestorben, das war vor langer, langer ...«

»Sind die in der Hölle?«

»Ja, die sind in der Hölle.«

»Kann man Deutsch reden in der Hölle?«

»Jetzt lass uns bitte mal über was anderes …«

»Warum haben die das gemacht?«

»Ich weiß es nicht, Victoria.«

»Warum nicht, Papa?«

»Manche Dinge können die Menschen nicht wissen, auch Erwachsene nicht.«

»Wenn der liebe Gott alles entscheidet, warum gab es dann eine böse Todesmaschine?«

Irgendwann bekam sie Hunger, und Victor stieg in den Garten hinab und lief in die Küche, um ihnen beiden ein Roomservice-Abendessen zuzubereiten. Der Kühlschrank war voll, denn immer an Montagen und Donnerstagen kam seine Haushälterin, die nicht nur zum Fleischer in Kronberg ging und zur Fließwasserzucht im Römertal, wo die Fische noch wie früher in die FAZ eingewickelt wurden, sondern auch die Bauernmärkte der Region für ihn abklapperte, in ihrem alten Mercedes-Kombi der Baureihe W124, um den er sie insgeheim beneidete.

Er zog Trauben, Kirschen, Gurken, Äpfel, Karotten, Pampelmusen, Blaubeeren, Himbeeren, Erdbeeren, Kohlrabi, Staudensellerie, Babybel-Käselaibe und einen Ring Fleischwurst von den gläsernen Regalen, um die Zutaten auf seiner Arbeitsfläche hufeisenförmig um ein hölzernes Schneidebrett zu arrangieren.

Wenn man ihn gezwungen hätte, etwas zu kritisieren an seiner Tochter – aber wirklich nur mit einer Pistole an seiner Schläfe –, dann wäre es ihr fehlender Eroberungsgeist im Kulinarischen gewesen, denn wie gern hätte er ihr mal eine Forelle zu Tatar gehackt oder einen Taunusstör in Miso gratiniert, wie gern wäre er mit ihr nach der Schule in Frankfurt einfach mal ins Sushimoto gegangen!

Gut, sie war erst sechs, aber das Spektrum der warmen Speisen, denen sie nicht mit entschlossener Ablehnung begegnete, umfasste nur Pizza, Butternudeln, Butterkartoffeln, Waffeln, Pfannkuchen, Chicken Nuggets und Fischstäbchen. Victor hatte sich daher auf abwechslungsreiche Rohkostplatten spezialisiert, die sie Gott sei Dank zu mögen schien und die er mit Wurstbroten und Nüssen und Sultaninen anreicherte, um ihre Versorgung mit einem möglichst breiten Spektrum an Vitaminen und Mineralien zu garantieren.

Da ihr Appetit eine starke Korrelation mit der Attraktivität der Präsentation zeigte, hatte sich Victor bei der Gestaltung der Platten mittlerweile eine beachtliche Kunstfertigkeit erarbeitet. Aus den Karotten schnitzte er gemaserte Zweige, die er mit Strohballen aus geraspelter Kohlrabi zu manierlichen Scheiterhaufen kombinierte. Die Trauben skalpierte er zu bauchigen Strünken, um sie mit Erdbeeren als Hauben zu Pilzhäusern wie bei den Schlümpfen zu fusionieren, wonach er aus Selleriestangen und Babybel-Käselaiben stilisierte Mausefallen konstruierte. Als er gerade beginnen wollte, ein Narrativ für seine Installation zu imaginieren, vibrierte sein Telefon auf dem rostfarbenen Marmor – auf dem Bildschirm war ein Foto von Ali Osman zu sehen.

»Ey Victor! Isch hab dein Manifest gelesen«, begrüßte ihn Ali. »Du bist ja richtig hart, Alter! Du bist ja richtig krass, Habibi!«

»Oho, der Herr Osman – na mein Lieber? Und so schnell, du bist doch immer so beschäftigt ...«

»Ja sicher, aber bald nicht mehr bei den Grünen. Kannst du reden oder stör ich grade?«

»Ich mach Abendessen für meine Tochter.«

»Da ist sicher Wurst im Spiel.«

»Nee, alles rein vegetarisch«, log Victor. »Wie meinst 'n das jetzt, nicht mehr bei den Grünen?«

»Das ist ja gar nicht auszuhalten. Du kannst dir nicht vorstellen, was das für Leute sind. Schmieren ab in den Umfragen, aber laufen mit so 'ner Genugtuung rum, als wüssten sie was Besonderes, als hätten sie alles richtig gemacht, und alle anderen würden schon noch sehen, wenn endlich abgerechnet wird. Aber sie glauben ja nicht an Gott, also wer soll da kommen? Das Chakra? Oder das Prana? Ey, da kriegste Beklemmungen, Alter.«

»Und was haste vor jetzt, Döner-Business, oder was? Ihr habt so 'n neuen Edel-Ableger, hab ich irgendwo gelesen ...«

»Ja genau, Le Dönère, acht Filialen, aber nein, ich will schon in der Politik bleiben.«

»Wechselst du die Partei oder ...«

»Ich gründe meine eigene.«

»Die Liste Ali Osman«, raunte Victor, in einer sonoren Reklamestimme: »Mit ohne scharf.«

»Das ist mitnichten ein Witz, mein Lieber.«

»OK, jetzt bin ich neugierig.«

»Das muss aber unter uns bleiben.«

»Ali, entschuldige, aber wenn ich mal irgendeinem Journalisten erzählen würde, was ich alles weiß, dann wär Polen offen. Dann wär die Kacke so dermaßen am Dampfen...«

»OK, also: Rechtzeitig zur Bundestagswahl, quasi als Springteufel, werde ich mich – nein, *muss* ich mich ins Spiel bringen. Ich bin gezwungen, Alter. In Anbetracht der Alternative, also vier weiterer Jahre der Trägheit und Beliebigkeit, sehe ich das als meine staatsbürgerliche Pflicht.«

»Das ehrt dich, Habibi.«

»Nur muss ich jetzt mein ganzes Programm noch mal umschreiben.«

»Wieso das denn?«

»Na, weil ich deins gelesen habe.«

»Das ehrt wiederum mich.«

»Deswegen ruf ich an, ich wollte fragen, ob ich mich einfach bedienen kann bei dir.«

»Ähm ... ja. Dann bedien dich mal ...«

»Meinst du das eigentlich ernst?«

»Wie, ob ich scherze, oder was?«

»Nein, ich meine: Ist das 'ne Spielerei, oder hast du was vor damit?«

»Ich hab noch nicht lang genug drüber nachgedacht, um ehrlich zu sein«, sagte Victor.

»Ich geb's ja ungern zu«, sagte Ali, »ich hab jetzt wochenlang an meinem Programm gesessen, aber dein Manifest ist wagemutiger, populistischer, disruptiver.«

Die Pampelmusen schälte Victor grob mit dem Messer, um sie dann mit feinen Schnitten zu filetieren. Er konzentrierte sich darauf, zwei exakt identische Platten zu produzieren – eine Präzisionsarbeit, bei der er eine meditative Besänftigung erfuhr, wie Präsident Underwood in *House of Cards* beim Miniaturnachbau der Schlachtfelder des Amerikanischen Bürgerkrieges.

»Die Seele des Ganzen«, redete sich Ali nun langsam in Rage, »also die Obergrenze, das Kirschblütenkreuz, das Bollwerk gegen die Sturmfluten der Globalisierung – das ist die große Alternative, die alle immer einfordern. Das ist die Vision, die ich gesucht und nicht gefunden habe.«

»Ich erröte hier grade …«

»Das ist der Glutkern, das ist der Paradigmenwechsel, das ist der Penetrator.«

»Jetzt mach mal halblang, Habibi.«

»Ich wär gar nicht frei gewesen, sowas Frevlerisches hinzuschreiben, bevor ich es dann bei dir stehen gesehen habe.«

»Ist das nicht zu radikal?« Victor hatte seine Zweifel. »Ist das nicht völlig unrealistisch?«

»Im Gegenteil – nur so werden wir gewinnen. Nur so werden wir auch in Zukunft noch Geld verdienen. Nur so wird Deutschland den kommenden Generationen ein glaubwürdiges Wohlstandsversprechen geben können.«

»Du bist ja'n richtiger Eiferer ...«

»Wir beginnen mit der Maximalforderung und schauen, was die Leute sagen. So nach dem Motto: Es muss Resultat einer gesellschaftlichen Übereinkunft sein, welches Maß an Konzentration von Reichtum wir zulassen. Denn wer entscheidet das am Ende? Wir entscheiden das, liebe Freundinnen und Freunde. Als Bürgerinnen und Bürger werden wir in dieser Angelegenheit das letzte Wort zu sprechen haben.«

»Du glaubst ja deiner eigenen Propaganda ...«

»Es ist *deine* Propaganda«, sagte Ali.

»Du bist ein Schwarmgeist, ein Weltverbesserer! Du wirst mir langsam unheimlich, Habibi.«

»Wir müssen dem Bürger wieder die Kontrolle zurückgeben. Der Volkswille entscheidet. Denk doch mal nach, mein Lieber: Was denkt sich der Deutsche, wenn er dann allein ist in der Wahlkabine? Die sollen bloß mal runterkommen von ihrem hohen Ross, mit ihren Häusern auf Sylt und ihren Jachten und so weiter. Diese Angeber sollen mal bloß nicht denken, dass sie was Besseres sind.«

»Das stimmt schon. Niemand hat Bock auf die Reichen in Deutschland. Nur die Reichen haben Bock auf die Reichen ...«

»Die Deutschen haben eine gesunde Skepsis gegenüber der Legitimität von exzessivem Privatvermögen.«

»Du sagst es schöner als ich, Herr Osman.«

»Nichts gegen die S-Klasse, aber gegen die Superjacht

eben schon. Die will die Mehrheit der Deutschen ihren reichen Landsleuten lieber streichen. Natürlich wird das Argument kommen, dass wir mit der Obergrenze unsere Arbeitsplätze in der Superjachtproduktion aufs Spiel setzen, bei Lürssen, bei Blohm & Voss, bei Nobiskrug, bei Abeking & Rasmussen. Dabei werden gerade diese Betriebe unter dem Dach der GINA endlich über die finanzielle Feuerkraft verfügen, um die ausländischen Wettbewerber systematisch in deren Untergang zu treiben.«

»Du bist ja besessen, Ali ...«

»Wir leben in einer Hochkultur, mein Lieber. Aus deutscher Sicht sind Superjachten reine Exportprodukte, nach dem schönen Motto: Ausgereifte Konstruktionen für unreife Gesellschaften ...«

Oben im Baumhaus wollte Victoria nicht mehr an die böse Todesmaschine denken. Sie wollte nicht mehr an die doofen Deutschen denken, sie fand Griechenland eh viel schöner. Noch 16 Wochen! Eigentlich war das zu lange, weil sie freute sich ja schon so dolle. Sie freute sich auf das Schwimmen und das Tauchen, und auf die Waffeln mit dem Nutella – weil jeden Tag Nutella, das durfte sie gar nicht bei ihrer Mami.

Nur die Schiffe, sie freute sich nicht auf die Schiffe, so alte Schiffe mit Rost und Sitzen aus Plastik, und da waren Lastwagen drauf und die waren giftig und stanken dolle, und auch das Essen war eklig. In großen Wannen mit Lampen drüber, so braune Suppen waren da drinne. Und so

Männer, die haben geschwitzt, weil die mussten kochen, die mussten umrühren, und sicher fällt da auch mal ein Haar in die Suppe.

Sie wollte kein Haar in einer Suppe! Sie mochte Suppe gar nicht, das wusste ihr Papi. Er machte auch immer den doofen Witz mit dem Suppenkasper, weil er wollte sie ärgern. Aber sie konnte ihn ja auch ärgern, sie konnte sagen: Papi, du bist mein Kammerdiener! Natürlich war er nicht wirklich ihr Kammerdiener, aber eigentlich schon. Er musste ja alles für sie machen, also Abendessen. Oder ihr den Po abwischen.

Sie konnte sich jetzt selber den Po abwischen, aber das wollte sie ihm nicht sagen, weil da musste man so den Arm nach hinten drehen. Es war viel besser, wenn das ein Kammerdiener machte, und man konnte ihm dabei Quatsch erzählen, also: Halt dir die Nase zu, Papa! Wenn du die Kacka riechst, dann fällst du in einen tausendjährigen Schlaf, wie Dornröschen!

Und da oben war der Mond, so hell wie eine Glühbirne. Victoria fragte sich: Ist der Mond ein Freund von der Erde? Sie wusste, dass der Mond ein Junge und die Erde ein Mädchen war, weil man sagte ja *der* Mond und *die* Erde. Aber: Haben die sich lieb? Kann die Erde schwanger werden von dem Mond? Und wenn eine kleine Welt da drinne wächst, wo kommt die dann raus – in Amerika?

Geht die große Welt dann kaputt? Explodiert die dann? Weil die Erde hat ja keine Mumu! Oder hat die Erde eine Mumu? Wo ist die Mumu von der Erde? Und wer spielt mit der kleinen Welt, wenn sie geboren ist? Hat sie einen kleinen Mond? Trägt sie eine Windel? Oder muss sie einfach nie Kacka, wie Rarity bei *My Little Pony*? Das alles würde Victoria gleich ihren Papa fragen.

Durch die Zweige konnte sie ihn in der Küche sehen. Manchmal redete er mit sich selber, weil er war ein bisschen komisch. Oder er war am Telefon, mit dem Lautsprecher, mit seinem Büro oder sowas. Die Mama sagte: Der Beruf vom Papa ist ein großer Quatsch. Die Mama sagte: Das alles ist ein großer Witz. Die Mama sagte: Der Papa veräppelt die Menschen, und dann müssen sie ihm Geld geben, ganz viel Geld.

Deswegen war auch sein Haus so groß. Also, sie fand das nicht hübsch, weil das sah ja gar nicht aus wie ein Haus, sondern wie so eine Halle, wo Kisten drinne sind. Aber das war so riesig! Der Papa vom Mirko, von ihrem besten Freund, der hatte nur eine Wohnung, die war fast so klein wie das Baumhaus. Also wirklich mini. Das Haus von ihrem Papa war so groß wie ihre ganze Schule.

Aber in Griechenland haben sie ja auch immer in so kleinen Zimmern geschlafen. In Griechenland waren überall Katzen, die gehörten niemandem, und da konnte man sich einfach eine nehmen! Einfach mitnehmen, und dann musste die keine Eidechsen mehr fangen, weil dann bekam die Katze die Kartoffeln mit dem weißen Joghurt.

In Griechenland gab es so ein weißes Joghurt, das wollten die Leute immer essen. Aber die wollten auch die Tintenfische essen! Die glitschigen mit den Fangarmen! Nein,

nein, nein! Sie würde keinen Tintenfisch essen, auf gar keinen Fall. Ihr Papa hat mal gesagt, dass er einen Tintenfisch unter ihre Waffel gelegt hat, und sie konnte die Waffel dann nicht mehr essen, weil das war viel zu gruselig.

Trotzdem fand sie Griechenland schöner als Deutschland. Sie wollte nur nicht mehr auf den großen Schiffen fahren. Ihr Papa liebte die großen Schiffe, aber Victoria wollte lieber ein kleines Schiff, nur für sie beide. Mit einem Kapitän, aber ohne Männer für die Suppe. Sie würde ganz nett fragen und traurig gucken dabei, weil dann klappte das eigentlich immer.

»Es fehlt da natürlich noch so einiges in deinem Manifest«, sagte Ali.

»Was denn bitte?«

»Einkommenssteuer, Erbschaftssteuer …«

»Das ist die erste Fassung …«

»Der Euro, die Griechen …«

»Ich hab das noch nicht mal gegengelesen …«

»Die Infrastruktur, die Mieten …«

»Das ist doch implizit …«

»Die Energiewende, die Überalterung …«

»Man kann da ja nicht alles reinpacken …«

»Belegschaftsaktien, Mitarbeiterbeteiligungen …«

»Das muss ja noch Rhythmus haben …«

»Assad, Erdogan …«

»Das kommt ja …«

»Trump, Putin …«

»Es geht doch eher um …«

»Die Legalisierung von Marihuana …«

»Ey, jetzt halt doch mal deine Fresse, Alter!«

»Was haste denn jetzt schon wieder?«

»Kann ich vielleicht mal was einwerfen?«

»Natürlich, nur zu, jederzeit, mein lieber Habibi.«

»Ich hab das in 'ner halben Stunde geschrieben, während ich im Adlon auf meine Ente gewartet habe.«

»Moment mal – die Adlon-Ente für Zwei? Du Schlingel! Hast mal wieder Party gemacht, ne?«

»Ich hatte 'n Pitch in Berlin, war alles dienstlich.«

»Die machen sie jetzt als Pekingente, ist mir zugetragen worden.«

»Deine Quellen scheinen verlässlich zu sein.«

»So richtig mit Massieren und Lackieren und so weiter?«

»Die haben sogar 'n Kavernenofen im Luftschutzkeller, da wird jeden Tag 'ne ganze Birke verfeuert.«

»Sowas musst du dir dann aber verkneifen, als Großer Vorsitzender der GINA, das kommt dann scheiße, das sendet die falsche Message. Saufen im Adlon und feine Entenröllchen fressen und irgendwelche Revoluzzer-Traktate herumschicken, das ist nicht gerade sehr Mittelklasse …«

»Wie kommste denn bitte auf die abwegige Vorstellung, dass ich mitmache bei deinem Himmelfahrtskommando?«

»Ach komm«, sagte Ali, »das ist *die* Gelegenheit für dich. Du brauchst das. Ich kenn dich. Wie lange machste das jetzt schon, 20 Jahre? Mach dir doch nichts vor. Du kotzt doch innerlich.«

»Ich bin da nicht dabei ...«

»Alter, ich *kenn* dich, OK? Ich verkauf dir doch nichts, was du nicht brauchst. Ich will dir doch nichts andrehen, was du nicht haben willst.«

»Das kann alles den Bach runtergehen. Du schmierst ab, und was machste dann?«

»Dann gründ ich 'n Nachrichtenportal. Das hab ich alles nebenher schon zur Marktreife entwickelt. Dann haben wir einfach massiv an Visibilität gewonnen. Dann kannste dich zur Ruhe setzen, aber dann kennt dich wenigstens jeder. Und außerdem: Wenn wir das richtig vermarktet haben, wird es ja kaum möglich sein, den Korken wieder in die Flasche zu kriegen. Dann, mein Lieber, wird es auch um den Ruinenwert deiner Ideen gehen.«

Victor schnitt die Fleischwurst in grobe Scheiben, von denen er einige in Halbkreise teilte, um auf den Butterbroten einen möglichst hohen Deckungsgrad zu erzielen. Er musste an seinen Vater denken, der sich mit so einem Brot und einer Flasche Bier am Abend oft noch vor die *Tagesthemen* gesetzt hatte, in immer derselben Pyjamahose, um dann jedes Mal auf dem Sofa einzuschlafen.

An einem dieser Abende hatte sein Vater ihm erzählt, dass er eine Berufung in den Vorstand abgelehnt habe, da er seit dem Tod von Victors Mutter Schwierigkeiten habe, sich für irgendetwas zu motivieren; da ihn das Geschäft ohnehin nie interessiert habe; und da er mehr Zeit mit seinem Sohn habe verbringen wollen. Dieser hatte die Befürchtung verschwiegen, dass sein Vater entlassen werden würde, da er sich eine Blöße gegeben hatte, da er Verantwortung abgelehnt hatte, sodass die Führungsebene von einem charakterlichen Defizit oder gar einer geistigen Beeinträchtigung würde ausgehen müssen.

Konnte man das überhaupt ablehnen, war das überhaupt vorgesehen? Sein Vater war ja erst Mitte 40 gewesen, obwohl er älter ausgesehen hatte, wie sich Victor erinnerte. Wer wollte sich schon fügen? Wer wollte einen Meister haben? Warum sollte man sich mit einer unterlegenen Position abfinden, hatte sich Victor gefragt, mit zehn oder elf Jahren, mit einem eingeschränkten Maß an Kontrolle über das eigene Leben?

Victor hatte die Befürchtung gehabt, während sein Vater ihm über den Kopf gestreichelt hatte, dass dieser auf der Herren-Farm der Arbeitswelt als waidwundes Tier betrachtet werden würde, dessen Einschläferung man beschlossen hatte, die aber ohne Vorwarnung erfolgen würde, da man dies für humaner, für schonender gehalten und ja auch keine Veranlassung gehabt hatte, dem Armen unnötig Angst einzujagen. Dass sein Vater das Einschläfern Jahre später, nachdem er seinen Sohn noch an der LSE untergebracht hatte, selber in die Hand nehmen würde – das hatte Victor nicht kommen sehen.

»Ali, wir müssen mal zum Ende kommen, ich kann dir jetzt nicht … also, die Wurst hier kriegt schon Ränder.«

»Hey Victor, wir lassen das offen, ja? Du kannst es erst

mal drehen und wenden in deinem Geist, und ich leg schon mal unsere Dokumente übereinander und schick dir dann so 'n Amalgam, spätestens am Wochenende ...«

»Ja dann mach halt mal, dann schreib halt mal ...«

»Ich geh noch schnell 'n paar Sachen durch deswegen, zum Beispiel Leistung – du pochst zu sehr auf Leistung, das macht den Menschen Angst, das macht sogar mir Angst, das scheint ein Fetisch bei dir zu sein ...«

»Was soll das denn heißen? Es geht hier um *Deutschland*, Habibi. Nicht um irgendein in sich ruhendes Chillout-Land. Deutschland funktioniert nur, wenn alle die ganze Zeit arbeiten, sonst kommt der Deutsche auf dumme Gedanken – haste den schon mal im Urlaub gesehen?«

»Und wieso braucht man Llamaherden an Gymnasien?«

»Llamas haben 'ne gute Ausstrahlung.«

»Und das mit der Popoliebe in Wüstentälern ...«

»Ich muss ganz ehrlich sagen, wenn wir jetzt anfangen, uns dafür zu entschuldigen, dass wir für die freiheitlichen Werte unseres Kulturkreises eintreten, dann ist das nicht mein Land.«

»Und der Weltraum, das Universum«, sagte Ali, »irgendwas mit Raketen muss da noch rein, oder vielleicht 'ne Mondkolonie ...«

»Auf dem fahlen Trabanten werden wir unser steinernes Denkmal errichten, in der Form eines bauchigen Pilsbierglases«, so schnarrte Victor, »in das wir einen goldenen Bundesadler einmeißeln werden.«

»Alter, der Ton, das wollt ich dir eh noch sagen, du übertreibst da 'n bisschen, mit dem einen Ton, du weißt schon mit welchem...«

»Ey, willst du wirklich *diese* Keule schwingen?«

»Die einzige Keule, die ich schwinge, ist meine osmanische Liebeskeule...«

»Ich kann Deutschland nicht ausstehen, um ehrlich zu sein, mal abgesehen von meinem Wald hier oben.«

»Was soll das denn jetzt heißen?«

»Ich bin mit Deutschland einfach nie warm geworden«, sagte Victor. »Ich frag mich auch, wie das mit der Integration funktionieren soll, ich meine: Wen durchzuckt denn bitte die Sehnsucht, seine Deutschwerdung zu erleben? Womit soll man sich identifizieren? Kleinmut, Duckmäusertum, Renitenz, Besserwisserei, Pedanterie, Missgunst, Selbstgerechtigkeit, Geiz, Gehorsam, Größenwahn – das ist nicht gerade als attraktive Kombination zu bezeichnen. Um jetzt *einmal* nicht den Völkermord zu erwähnen. Was sollen das also für Leute sein? Im Grunde sollte man die Zielsetzung, deutsch zu werden, als Hinweis auf eine fragwürdige charakterliche Prägung werten, die das Erteilen einer Aufenthaltsgenehmigung nicht als ratsam erscheinen lässt...«

»Kannste bitte mal ernst bleiben? Das ist mir jetzt zu unproduktiv...«

»Vielleicht wäre eine Kampagne hilfreich, die zeigt, wie Deutschland wirklich ist, also Mettigel und so weiter, ewigen Nieselregen über deprimierenden Landstrichen, in denen das trostlose Dasein sich wie eine schwitzende Bratwurst in die Länge zieht, und dann als *voice-over*: Willst du wirklich Deutscher werden? Hast du dir das auch gut überlegt?«

»Das ist aber dein Vaterland, Habibi. Also pol dich mal ganz schnell um ...«

»Isch fick disch, Alter.«

»Isch fick deine Mutter!«

Vater und Tochter aßen in der silbernen Abendsonne, im Flüstern des Eichenlaubes, im Schneidersitz auf dem Isfahan; sie tranken tiefgespritzte Traubenschorlen. Das Knarren der sich einfahrenden Holztreppe war zu hören und das Plätschern der Quelle, die auf seinem Grundstück entsprang und deren Lauf er in einem flachen Bett über die Terrasse hatte führen lassen, um seinen Swimmingpool zu speisen. Victor gab sich Mühe, aber er konnte seiner Tochter nichts vormachen. Sie legte eine kleine Hand auf sein Knie.

»Bist du traurig, Papa?«

»Nein mein Kindchen, es ist schön mit dir.«

»Aber ich merke das! Woran denkst du?«

»Ach, ich hab nur kurz an meinen Papa gedacht.«

»Bist du traurig, weil er tot ist?«

»Ja, aber nicht nur.«

»Warum bist du noch traurig?«

»Weil ich böse zu ihm war«, sagte Victor.

»Aber ich bin immer lieb zu dir, Papa, das gehört sich auch so«, sagte Victoria, und an ihrem schiefen Lächeln konnte er ihr albernes Vorhaben erahnen, nämlich die Überleitung in eine der meditativen Nein-Doch-Partien der beiden, »weil du bist mein Kammerdiener.«

»Nein, das stimmt nicht, Victoria.«

»Doch.«

»Nein.«

»Doch.«

»Nein.«

»Doch.«

»Nein.« Und so ging das sicher eine halbe Stunde lang weiter, während die ersten Sterne am Himmel erschienen, und während Victor eine rote Birne in die Laterne draußen im Giebel schraubte, sodass in den wehenden Zweigen über der Metropole ein leuchtendes V in Fraktur zu sehen war.

»Doch.«

»Nein.«

»Doch.«

»Nein.«

»Doch.«

»Nein.«

»Papa?«

»Ja mein Kindchen?«

»Wenn dich ein wildes Tier fressen würde und du also Kacka wärst, würde ich dich in ein ganz schönes Kästchen tun und dich aufheben und jeden Tag mit dir reden«, sagte Victoria. »Ich würde den goldenen Glitzer auf dich machen, damit du nicht mehr so braun wärst, und Parfüm, damit du nicht so dolle stinken würdest. Dann könnte ich dich auch meinen Freundinnen zeigen.«

»Das ist lieb, meine Kleine, aber ich will keine Kacka sein.«

»Aber irgendwann musst du sterben.«

»Das stimmt leider, aber dann kommt meine Seele ja in den Himmel.«

»Die soll aber hierbleiben. Weil ich will die behalten. Ich halt die fest, dann kann die nicht wegfliegen.«

»Ich fürchte, das wird nicht gehen …«

»Aber wenn du stirbst, dann gehört mir dein Haus, dann hab ich doch Platz, dann kann sie doch bei mir wohnen!«

»Vielleicht kann sie bei dir spuken, Victoria.«

Diese Antwort genügte ihr offenbar, denn sie begann nun endlich, ihr Wurstbrot zu essen. Das Wetterleuchten kam durch die offenen Fenster, und die Bäume rauschten wie die See.

SIEBEN

Am folgenden Sonntag fuhr Victor an der Friedhofsmauer entlang, in der Berliner Dämmerung, nach ein paar Engelhardt mit Ali im Bierhaus Urban, wo unter den auf ihren Barhockern alteingesessenen Hartzern eine tadellose Schnorrer-Etikette vorherrschte: Wenn ein Fremder das Lokal betrat, der Anzeichen des Wohlstandes oder zumindest der Berufstätigkeit zeigte, also ein sauberes Jackett oder gepflegte Haut oder die *Welt am Sonntag*, wagte in zuvor offenbar abgesprochener Reihenfolge einer der Hartzer die höfliche Ansprache: »Moin Meister, 'tschuldige die Störung, aber könntste mir vielleicht mal 'n kleines Schultheiss ausgeben?«

Wenn er bejahte, und die Schwelle war niedrig, denn eine schöne 0,3er-Tulpe Schultheiss kostete nur 1 Euro 40 – taktisch klug, da Genügsamkeit suggerierend, fragten die Arbeitslosen nicht nach dem höher positionierten Engelhardt –, wurde der Fremde sofort als »korrekt« und »sozial« kategorisiert und konnte sich für den Rest seines Aufenthaltes ohne weitere Störungen am Tresen in seine Zeitung vertiefen.

Dieses ausgewogene Reglement, nach dem man pro Besuch nur einmal angesprochen wurde, hatte Victor und Ali wie immer in eine bejahende Laune versetzt, sodass sie noch drei Lokalrunden Jägermeister geschmissen hatten, allerdings nach dem *Retard*-Prinzip, das bei Arzneimitteln die verzögerte Freisetzung eines Wirkstoffes bezeichnet: Sie hatten ihre Wohltat mit der Schankkraft diskret vereinbart und vorab bezahlt, um vor der Bekanntgabe schon wieder wie Phantome von der Metropole verschluckt worden zu sein.

Und nun radelte Victor an den Mausoleen entlang, mit dem behaglichen Gefühl einer leichten Alkoholisierung, die er noch feierlich zu untermauern vorhatte. Aus der Bar im ehemaligen Totengräberhaus kamen die üblichen Sirenengesänge, Gläsergeklirr und Eiswürfelgeklimper, aber er ließ sich nicht locken, denn er wusste ja, was dann passieren würde, und er wollte am nächsten Tag keinen lähmenden Kater haben. Er begann, eine Melodie aus *Schwanensee* zu pfeifen, während nacheinander, als habe sein Karma sie im Vorbeisegeln zum Leben erweckt, die historischen Gaslaternen angingen.

Schon länger machte er sich über sein eigenes Mausoleum Gedanken, das ihm als Tempel aus Schiefer vorschwebte, in einem minimalistischen Klassizismus gehalten und von hohen, aber filigranen Birken umgeben. Mit VICTOR statt Alpha und Omega in seinem Tympanon, gemeißelt aus der Perpetua. Mit einem schattigen Portikus, in dem ein Gong aus der Tang-Dynastie aufgehängt wäre, und einem ehernen Flügeltor, das an jedem Tag im Jahr um dieselbe Uhrzeit geöffnet werden würde, um den Blick auf einen mächtigen, bronzenen Zapfhahn freizugeben.

Zur genauen Tages- oder Nachtzeit seines Todes, gleichsam zur *cocktail hour*, würde der Tempelwärter den Schlägel auf den Gong sausen lassen, um Durstige anzulocken, Versprengte und Verlorene, und im durch das Beiglas der Deckenöffnungen fallenden Sonnen- oder Mondeslichte dann die gebürsteten Edelstahlkrüge füllen, jeweils exakt eine Stunde lang, mit blassgoldenem, geradezu metallurgischem Moselriesling.

In den Tagen nach dem Partners' Meeting hatte Victor noch die Outline des großen Pitches für den Finanzminister geschrieben und dessen Umsetzung einem Team seiner Galeerensklaven übertragen, unter dem strengen und, wenn er sich nicht getäuscht hatte, eher widerwilligen Kommando der Grauhaarigen, die offenbar Schwierigkeiten damit hatte, ihren Glauben an den deregulierten Markt hinter sich zu lassen, der ihr möglicherweise schon während ihrer Jugend als Lehrerkind in der Reihenhausscheibe das ferne Leuchtfeuer ihrer außergewöhnlichen Zukunft gewesen war.

Dann hatte er sich für zwei Wochen nach Berlin verabschiedet, um seine Situation zu hinterfragen – das Saturierte, das Determinierte –, um die Auseinandersetzung mit der Gegenwart als erotisches Erlebnis wahrzunehmen, um sich an den zeitgenössischen Ausstellungen zu reiben, dann aber auch die Rätselhaftigkeit auszuhalten, die Uneindeutigkeit – solche Aussagen hatte er seinen Partnern gegenüber tatsächlich von sich gegeben, wofür er sich jetzt sogar ein bisschen schämte.

In Wahrheit hatte Victor nichts anderes vor, als endlich an seinem Roman zu arbeiten: Innerhalb von zehn Tagen wollte er einen Auszug von ungefähr 20 Seiten fertigstellen, da er sich dann zum Lunch mit einer Lektorin treffen würde, die das literarische Programm eines der 250 Verlage der Bertelsmann SE verantwortete. Das war natürlich nicht sein Traumverlag, aber zufällig hatte die M&A-Chefin von Bertelsmann sich bei der Birken Bank beworben, und Victor war gleich sehr nett zu ihr gewesen und hatte sie dann erst mal gebeten, ihm diesen Termin zu organisieren.

Er schulterte sein Fahrrad, drehte den Bartschlüssel im rumpelnden Schloss und eilte hinauf in den dritten Stock, über das brüchige Linoleum – er hatte keine Sanierung in Auftrag gegeben, denn er wollte kein unattraktives Yuppievolk um sich haben. Er ließ den Mantel an, als er seine Wohnung betrat, holte sich ein kühles Engelhardt und setzte sich auf den Balkon, um über das Obeliskenfeld hinauszublicken, hinter dem der Radarturm des stillgelegten Flughafens zum Monde emporragte.

Endlich war er entkommen! Für Victor war jedes Mal erstaunlich, dass sein Bankerleben ihm schon nach einem Tag in Kreuzberg als irreal erschien, als hätte er das gar nicht erlebt, sondern nur einen Film darüber gesehen.

Und auch sein Roman würde sich um das Entkommen drehen, um das Ausweichen, das Sich-Verlieren – und sei es im Detail, in der Oberflächenstruktur einer schlampigen Schweißnaht auf der Brücke von U-959 zum Beispiel, an der sich der Kapitänleutnant in der Dünung vor Fire Island seine Hand aufschneidet, während der Lauf der Vordeckskanone aus der Verankerung reißt und wie ein Rodeo-Bock auf und ab zu schlagen beginnt.

Oder im Marine-Planquadrat CB 38, an Bord der *Bremen*, im Rauchsalon der ersten Klasse, im gefrästen Relief eines Birkenwaldes in der Kaminumrandung, und dann in den wachen Augen seiner Emigrantin, die schon genau den richtigen Amerikaner identifiziert hat, um ihr während der gesamten Überfahrt die Drinks zu spendieren. Siehe da, sie streift ihre Schuhe ab, vor dem Kamin, um ihre langen Zehen in den Seidenteppich zu graben.

Sowohl die *Bremen* als auch U-959 waren bei Deschimag an der Weser gebaut worden und somit gleichsam im selben Krankenhaus zur Welt gekommen, wie ja auch seine Protagonisten im Berliner Virchow-Klinikum, und es reizte Victor, noch hundert weitere Bögen zwischen ihren parallelen Auslöschungserfahrungen zu schlagen, ohne schon eine Ahnung zu haben, wohin das am Ende führen würde.

Er hatte nicht vor, die Gesellschaft abzubilden, er interessierte sich für das Verschwinden und für das, was seine Figuren vorfinden, nachdem sie verschwunden sind – nicht die Erkenntnis oder etwas in dieser Richtung, sondern das Surren der Generatoren in Schleichfahrt durch den Bodennebel im Naturhafen vor der kaum glaubhaften Felsenstadtkulisse, deren Strahlen der Kapitänleutnant schon weit draußen auf dem Atlantik wie einen Lavadom aus den Fluten hatte emporwachsen sehen.

Er interessierte sich für Trümmer, für Fetische, für literarische Kenotaphe, für die sich überlagernden Stimmungen alternativer Wirklichkeiten. Er interessierte sich für das Tuckern der Diesel der Muschelkutter und das Ruckeln der U-Bahnen auf den Eisenträgern unter den mächtigen Brücken dieser vulkanischen Traumlandschaft. Doch Moment, was ist das? Seltsame Rufe, fremdartige Stimmen auf dem schwarzen Wasser.

Zwei Indianer nehmen Kurs auf U-959, in einem Einbaum aus Ahorn, vom Stamme der Montaukett, die beschlossen haben, den unautorisierten Eindringling seiner sofortigen Vernichtung zuzuführen – allein schon der Zauberwal, auf dem er da so hoffärtig thront, das können sie ja unmöglich stehen lassen. Der Pfeil mit dem Krötensekret beginnt seine Flugbahn, der Kapitänleutnant spürt ein Brennen an seiner Halsschlagader und – nein, das mit den Indianern war *too much*, das würde er wieder streichen.

Derweil, keine zwei Meilen entfernt: der Tresen. Von deutscher Hand gezimmert, denn das Schreinerhandwerk ist wie das Gastgewerbe in Manhattan von deutschen Einwanderern dominiert, oftmals lakonischen Hessen, die an freien Tagen mit dem Zug nach Upstate fahren, um ihre Streuobstwiesen zu pflegen. Der Blick der Emigrantin verliert sich im Flackern des Kaminfeuers, und auf dem Gobelin über den waldgrünen Sitzecken ist eine Art Volksfest auf einer Pfälzer Burgruine zu sehen.

Überall in der Stadt sind die Klänge des Hafens zu hören, das Poltern und Knarren, das Brüllen und Schlagen, das Schlürfen der Münder der feisten Männer in den zahllosen Austernlokalen, und wenn die Protagonistin im Morgengrauen nach Hause läuft, galoppieren ihr Rotten aus tollwütigen Hafenratten entgegen. Gebirge aus Eisenschrott schimmern in den Parkanlagen, aus Töpfen und Trambahnschienen und Fassadenelementen – rituelle Opfergaben der urbanen Elite an die sich gelassen hochfahrende amerikanische Kriegsmaschine.

Victor interessierte sich für lange Umwege, auf denen unklar bleibt, ob die Geschichte wieder ihren Ausgangspunkt berühren wird – obwohl er an eine gewisse Philopatrie der Erzählung glaubte, nicht ungleich jener des Atlantiklachses: Nach ausgedehnten Ozeanreisen, die ihn bis in die Gewässer vor Grönland führen, kehrt der erwachsene Atlantiklachs in den Fluss seiner Geburt zurück, mit Hilfe kosmischer Magnetfelder, mit traumwandlerischer Zielgenauigkeit, um vor seinem Tode ein letztes Mal das Kiesbett seiner Kindheit zu sehen.

Victors Emigrantin aber würde nie mehr nach Hause gehen, sie würde in Manhattan ihre Runden drehen, wo sie keine Freunde hat, wo sie mit der Stadt zusammenlebt, wo sie nach der Arbeit an jedem Abend feierlich an einem Zeitungsverschlag Halt macht, um sich die *New York Times* zu kaufen und sich in ihrem Stammlokal dann tief in das Geschehen hineinzulesen.

Vom hervorragenden Archivservice der *Times* hatte sich Victor das komplette Jahr 1944 kommen lassen, in großformatigen Leinenbänden, in denen er jetzt unentwegt las, wie sonst immer in den Tageszeitungen. In seinen Augen gab es keine wirkungsvollere Art, in die Vergangenheit zu reisen – natürlich hätte er auch Romane aus diesem Jahr lesen können oder sich Filme aus diesem Jahr ansehen, aber das geballte und ritualisierte Zeitungslesen zog einen am ehesten in eine fremde Zeit hinein, wie ja auch in die eigene.

Victor lebte asketisch in diesen Tagen. Er stand früh auf, zog sich einen Scheitel, zog sich eine Jogginghose an, kochte sich Kaffee, las sich auf dem Klo an jedem Morgen in eine neue Kalenderwoche hinein, pochierte sich zwei Eier, ließ diese auf krustigem Sanssouci-Brot zerlaufen und setzte sich an seinen Eiermann-Schreibtisch, der in einem ansonsten unmöblierten Zimmer stand, das ursprünglich wohl das Esszimmer der ehemaligen Offizierswohnung gewesen war.

Er schrieb mit Bleistiften auf 240-Gramm-Bögen, auf die er zuvor jeweils eine vertikale Linie gezogen hatte, mit diesen Tuschemarkern aus der Serie der *artist pens* von Faber-Castell, in *forest green* oder *gunmetal grey*, um einen breiten Rand für Abwege und Anflüge zu definieren. Nach einem Spaziergang und einem schnellen Lunch setzte sich

Victor dann an sein goldenes Air, um die Seiten des Vormittages ins Reine zu schreiben.

Am Abend fuhr er mit dem Fahrrad umher und kaufte sich bei der Bio Company regionales Gemüse, diese Radicchio-Chicorée-Zwitterpflanzen zum Beispiel, zu denen er sich eine sämige Dijon-Vinaigrette anrührte, oder blaue Karotten aus den Lehmböden der Mecklenburgischen Seenplatte, die er im Ofen bei niedriger Temperatur so lange eintrocknen ließ, bis sie einen konzentrierten Eigengeschmack aufwiesen, während die Schärfe gemahlener Chilis die karamellisierte Miso-Note der filigranen Pfahlwurzeln drangsalierte.

Zum Einschlafen las er die *Times* und trank Weine aus dem Roussillon – das überraschte ihn selbst am meisten, denn wenn er zuvor schon mal an Weine aus dem Roussillon gedacht hätte, was er nicht getan hatte, dann wären ihm harte und rustikale Weine vorgeschwebt, Weine zur Selbstgedrehten, Weine für Langzeitstudenten, Weine für pensionierte deutsche Lehrer, die in einem Caravan in den Pyrenäen lebten – Weine, die der normale Bürger wohl als *ehrliche* Weine bezeichnet hätte.

Aber der Weinhändler am Südstern hatte ihm einen Grenache Noir empfohlen, aus hundert Jahre alten Reben, und die Experience war kaum in Worte zu fassen – blauer Schiefer, schwarze Himbeere, mediterrane Strauchheidenformationen, Zeder, Mokka, Knochen, Seide. Victor war stolz auf sich, auf seine Unabhängigkeit von Statusmarkern, auf seine souveräne Bescheidenheit.

Einmal nahm er sich ein Taxi zum Le Coucou in der Mommsenstraße, um dort ein paar bretonische Hummer mit einer Flasche Dom Ruinart hinunterzuspülen, aber das war nur eine Zuckung, ein ärgerlicher Rückfall, eine Art epigenetische Tourette-Episode, die sich nicht mehr wiederholen sollte.

Einmal noch traf er sich mit Ali, der in einer unangenehmen Stimmung war, aggressiv und rechthaberisch, inkognito im Felsenkeller in der Akazienstraße. Möglicherweise war dessen Verstimmung auch darauf zurückzuführen, dass er seinem alten Freund einen Zettel hatte einwerfen müssen, um mit ihm in Kontakt zu treten, denn Victor war seit über einer Woche nicht mehr an sein Telefon gegangen.

»Lan!«, begrüßte ihn Ali. »Isch fick disch.«

»Ey, kannste mal aufhören mit dem *street*-Gelaber, so kindisch, so peinlich ...«

»Beschwerst du dich schon wieder? Erst kommst du zu spät und dann beschwerst du dich gleich wieder, typisch. Genau wie meine Tanten ...«

»Jetzt verschon mich doch mal bitte.«

»Im Übrigen – Ethnolekt, so lautet der korrekte Terminus.«

»Hey, Ali: Worum geht's? Du wolltest dich treffen, ich bin beschäftigt grade ...«

»Du brauchst 'n Bier, ich seh das, du bist ja gar nicht ansprechbar ...«

»Spinnst du jetzt? Ich bin völlig normal!«

»Jaja, setz dich mal, trink mal, Junge, ich versteh das schon, das Bankgeschäft, der Räuberkapitalismus, das muss einen ja wahnsinnig machen.«

Victor trank also, er spülte ein Engelhardt in sich hinein. Er war in Gedanken bei seiner Protagonistin, die alt werden würde in Manhattan, oben in Yorkville, in einer ruhigen Seitenstraße; die als Alte an Samstagen in ihrem guten Mantel auf der Lexington zum Café Hindenburg laufen würde, um sich ein Eisbein und eine Portion *liberty cabbage* einpacken zu lassen.

»Victor, ich muss dir jetzt mal die Pistole auf die Brust setzen. Du musst mir jetzt mal zuhören, OK? Bist du da, bist du anwesend?«

»Ja natürlich, klar.«

»Ich hab dir das neue Programm eingeworfen – hast du das gelesen?«

»Nee, wie gesagt, ich bin grad…«

»Ich hab da nicht viel verändert, ich hab das nur komplettiert und in 'ne logische Ordnung gebracht und die Sprache, wie soll ich das formulieren, zugänglicher gemacht…«

»Mir ist alles recht…«

»Vielleicht auch einen Tick weniger selbstverliebt…«

»Jetzt komm doch mal zum Punkt, Alter!«

»Dann hör mir genau zu, Habibi, ich hab das Gefühl, ich dring nicht durch zu dir, ja? Also: Am kommenden Montag trete ich vor die Presse, um meinen Abschied von den Grünen und die Niederlegung meines Bundestagsmandats zu verkünden, vor allem aber die Gründung einer neuen Partei, der Deutschland AG, mit der ich bei der Wahl ganz konkret eine Regierungsbeteiligung anstrebe ...«

»Heiliger Jesus«, sagte Victor.

»Ich muss also wissen ...«

»Du bist so krass, Alter.«

»Ich muss wissen, bis spätestens Freitag, und das ist wirklich der allerletzte Drücker, ob ich dich in das Schattenkabinett aufnehmen kann, als Superminister für Finanzen und Bildung. Das Ziel ist natürlich GINA, das wird dein Königreich. Sobald das steht, ziehste da ein, und da kannste dann die Welt regieren. Überleg doch mal, Habibi! Du und ich zusammen – wer soll da kommen?«

»Schattenkabinett«, murmelte Victor, »das klingt wie 'n Riesling aus 'm Regenjahrgang ...«

Er hatte mit Ali noch nie gearbeitet, und es war anzunehmen, dass dabei eine gewisse Reibung entstehen würde. Er hatte an seinem Freund einige Schwachstellen identifiziert, zum Beispiel dessen Hang zur offenen Konfrontation – wenn es wirklich um etwas ging, dann zögerte natürlich auch Victor nicht, seine Überlegenheit zu etablieren, aber an Ali erkannte er in diesem Hinblick eine unattraktive Maßlosigkeit.

Zudem schien dieser tatsächlich überzeugt zu sein, und das war eine Haltung, die Victors Wesen zuwiderlief, da er sie nur als strategische Limitation begreifen konnte. Wer konnte schon sagen, ob sie recht hatten? Es klang natürlich überzeugend, was sie da anzubieten hatten, aber das war ja das Ziel der Übung gewesen. War es diese Sehnsucht nach der *Überzeugung* gewesen, die Ali zu den Grünen hingezogen hatte? Vielleicht war es auch nur das unbewusste Deutsch-sein-Wollen gewesen, denn die Grünen waren ohne jeden Zweifel die deutscheste aller deutschen Parteien.

»Und ich arbeite dann für dich«, fragte Victor, »oder wie hast du dir das vorgestellt?«

»De facto arbeiten wir dann alle für *dich*, Habibi«, sagte Ali. »Das wird so 'n bisschen wie im Iran. Es gibt eine gewählte Regierung, aber jeder weiß: In Wahrheit hat der Ayatollah das Sagen.«

Victor trug eine Sonnenbrille, als er in die Paris Bar hineinwehte, in der er zum ersten Mal vor 30 Jahren gewesen war, mit seinem Großvater, in dem als Greis das Verlangen erwacht war, sich als Kunstsammler zu profilieren. Er hatte Kopfschmerzen, er hatte gesoffen am Vorabend – er wusste natürlich, dass es unprofessionell war, zu diesem Termin mit einem Kater zu erscheinen, und vielleicht war genau das ja der Punkt gewesen.

Die Lektorin hatte etwas von einem Vogel, und als Victor sich ihr gegenübersetzte, konnte er eine Möwe eine silberne Sprotte aus der Bugwelle der *Bremen* pflücken sehen. Er wusste genau, was nun passieren würde, denn sein Analyseapparat hatte ihm augenblicklich eine belastbare Prognose des Verlaufs dieses Lunches geliefert, die auf der Erfassung und Rasterung unscheinbarer Oberflächenäußerungen basierte, unbeachteter Regungen, interaktionaler Reflexe und mikromimischer Parameter, aus deren Summe sich für Victor eine klare Kalkulabilität der Haltung der Sachbearbeiterin zu seinem Manuskriptauszug ergab – im Grunde hätte er gleich wieder gehen können, wollte dies aber noch nicht wahrhaben.

Immerhin schwebe ihm ein historischer Roman vor, so begann sie, das sei schon mal gut, das sei eine attraktive Kategorie, bei der man aber – und hier gehe es schon los – akribisch auf den *hook* zu achten habe, der in diesem Segment die kommerzielle Kern-Konvention darstelle. Und wo sei der hier – also der *hook*? Wie ziehe uns das tiefer in unsere Zeit hinein? Wie sei das im Alltag relevant? Wo sei hier die Parabel auf unsere aus den Fugen geratene Gegenwart? Kurz gesagt, es fehle der Aktualitätsbezug – weniger Echolot, mehr Seismograf, das würde sie ihm ins Logbuch schreiben.

Beim *loop* hingegen sehe sie kein großes Problem, über den historischen Bruchstellen deute sich ja durchaus ein Spannungsbogen an, Jugend und Krieg, Trennung und Wiedersehen – sie nehme mal an, dass er die beiden zusammenführe am Ende –, da könne eine furiose Romanze draus werden, wenn man dem ein sauberes Plotting angedeihen lasse, wenn man das einer stringenten Umsetzung zuführe – Fokus, Spannung, eine optimale Handlungsführung und natürlich süffige Lesbarkeit.

Aber das sei schon sehr vage, sie verstehe auch das Format nicht ganz – gut, es sei ein Exposé dabei, aber die

Leseprobe scheine ja nicht mal vom Anfang des Textes zu stammen. Die Abschnitte wirkten wie Bruchteile, die im Nichts schwebten – oder in einem unbegrenzten Möglichkeitsraum, wenn man das mal positiv formulieren wolle. Sie habe beim Lesen der Verdacht beschlichen, der beachtliche Stilwille solle hier eine eklatante Plotarmut verschleiern. Sie meine, was werde da verhandelt? Sei das einfach nur Schönschreiberei?

Auch seine Protagonistin – wie solle sich die Leserin mit einer solchen Figur identifizieren? Diese Autoaggression, diese Sehnsucht nach Erniedrigung, das sei schon ein wenig – wie solle man sagen – verkorkst, ne? Das sei kryptisch, das sei verspielt, das sei auch versehrt irgendwie, vielleicht wolle er da irgendwelche Mikro-Traumata verarbeiten, was die zeitgenössische Leserin allerdings nur in Ausnahmefällen goutiere.

Ihr fehle zudem die Ekstase, sie meine, Sexus und Tod, aber auch der Mammon – die Protagonistin arbeite als Prostituierte, nicht? Vielleicht so als die Christiane F. der Exilantinnen, aber nicht als Junkie, sondern ganz klassisch, als Alkoholikerin, oder was nahm man damals in Manhattan, *reefer*, nicht? Marihuana, das kam hoch aus den Südstaaten.

Vielleicht drifte sie nach Harlem ab, vielleicht gerate sie in Jazzkreise, vielleicht bandele sie mit den Schwarzen an – das sei doch gerade wieder ein aktuelles Thema, also mit der Zuwanderung, die Angst des deutschen Mannes vor der ungestümen Sexualität seines dunkelhäutigen Widerpartes und so weiter…

Schon früh an diesem Abend schlief Victor auf dem Sofa ein, nach zwei Flaschen Grenache Noir, mit seinem Kopf in der KW32 – er sackte abrupt nach vorn, mit seinem Gesicht in die Seiten des navyblauen Leinenbandes hinein. Er hatte eine Reportage des damaligen Berliner Kulturkorrespondenten der *Times* über okkulte Luftkriegpartys gelesen, und dann hatte er an seine Eltern gedacht, an die Nacht des Tages, an dem seine Mama gestorben war.

Er war wieder in seinem Kindheitsbungalow gewesen, im Wohnzimmer, wo er sich auf das Sofa gelegt hatte, um näher am Fleck zu sein, als sein Vater auf einmal zu schrubben begonnen hatte, mit einem alten Scheuerlappen, von einer anwachsenden Wolke aus Schaum umgeben, deren Rosa allmählich einem schmutzigen Grau gewichen war.

In der vergangenen Nacht hatte der Jetstream südlich von Neufundland ein Tiefdruckgebiet geboren, das vom meteorologischen Institut der Freien Universität Berlin auf den Namen Vivian getauft worden war. Schon zum Mittag hatte Vivian eine Kaltfront von über 4000 Kilometern Länge geschaffen, von Archangelsk bis zum Golf von Biskaya, wo sich am Abend durch Einwirkung des Hochs Vladislav eine nordöstliche Strömung ergeben hatte, bis eine schmale Mondsichel über Berlin wie ein Lichtschwert rasende Wolkenfelder durchsäbelte. Und als die Fallwinde nun arktische Meeresluft durch seine offenen Fenster trieben, rollte sich Victor im Schlaf in einer fötalen Haltung zusammen.

Wie immer nach einer Niederlage träumte er von einem

rechtschaffenen Außendienstkaufmann, Hans-Peter Z., dessen Geschichte er vor ein paar Jahren im *Spiegel* gelesen hatte. Nach dem Scheitern seiner Ehe hatte Z. seine Arbeit und den Kontakt zu seiner Tochter verloren und sich im Wald auf einen Hochsitz zurückgezogen, in Sichtweite eines Trimm-dich-Pfades, um eines langsamen Hungertodes zu sterben und seine Gedanken dabei in einem Notizbuch festzuhalten.

Z. hatte Fäustlinge mitgenommen, lange Unterhosen, seine besten Schuhe, eine schöne Porzellantasse, die ihm seine Frau geschenkt hatte, damals, für unterwegs; keine Bücher, obwohl er immer viel gelesen hatte; ein kleines Schildkröten-Nadelkissen, das seine Tochter in der Schule genäht hatte, drei Kugelschreiber und eben sein dunkelblaues Notizbuch im Format DIN A5, das er in einem wasserdichten Gleitverschlussbeutel versiegelt hatte. Obwohl er monatelang verschwunden gewesen war, bevor ein Jäger seinen Leichnam fand, hatte niemand eine Vermisstenmeldung aufgegeben.

In Victors Traum war er selber der Sterbende, in einem modrigen Schlafsack und ohne Medikamente gegen die Schmerzen. Seit vielen Stunden versuchte er, die Kraft für einen letzten Eintrag aufzubringen, denn es fehlte etwas in seinem Bericht; und vielleicht würde es ihm kommen, wenn er auf eine leere Seite blickte, aber er hatte diese sägenden Magenschmerzen und wenn er daran dachte, sich aufzusetzen, dann sah er ein schwarzes Flackern vor seinen Augen. Sich anzustrengen, das würde ihn überfordern, das würde dann wirklich sein Ende sein. Und er wollte noch ein paar Stunden bleiben. Er hatte noch ein wenig Regenwasser in seiner schönen Tasse.

Victors Oberkörper drückte seine eingeschlafenen Arme in die straffe Polsterung seines Sofas, das eher ein Daybed war, ein vollkommen unnützes Posermöbel, und während im Traum vom Trimm-dich-Pfad die Fitness-Laute zu ihm heraufdrangen, bildete sich ein Thrombus in der Leberader seiner Armbeuge, der vom rauschenden Blutstrom schließlich mitgerissen wurde, in Richtung seines müde stampfenden Herzens.

In diesem Augenblick schreckte im Frankfurter Westend Victoria aus unruhigem Schlaf. Sie hat geträumt, dass der Papa in den Wald gegangen ist, um für sie eine Unke zu holen, und dass ihm die wilden Tiere nachgeschlichen sind, also die Wölfe, so graue mit roten Augen, in der Dunkelheit, und er hat das nicht gemerkt – und auch zwei große Eisbären waren dabei! Aber in Wirklichkeit ging das nicht, weil Eisbären gab es nur am Nordpol. Bald haben die nicht mehr genug Eis, hat Mama gesagt, und dann müssen die alle sterben.

Aber trotzdem machte sich Victoria dolle Sorgen um ihren Papa, weil sie wollte ja nicht, dass ihm etwas passierte, also was Schlimmes. Er war immer allein, und keiner passte auf ihn auf, und irgendwie hatte sie da so schlechte Gedanken. Mama hat gesagt: Papa arbeitet zu viel, ihm macht das keinen Spaß, er ist traurig. Mama hat gesagt: Papa trinkt ganz viel Wein, wie ein Räuber, und das ist für sein Herz gefährlich. Aber warum musste er dann alleine wegfahren? Das war doch nicht klug, da würde er noch viel trauriger sein!

Sie sollte ja immer ehrlich sein, also durfte sie das auch denken: Sie war ein bisschen sauer auf Papi, weil er das Wochenende abgesagt hat, und er hat sogar sein Telefon ausgemacht! Dann hat sie in seinem Büro angerufen, und da hat eine Frau gesagt, er ist nach Berlin gefahren. Er wollte in den Zoo gehen mit ihr, und er hat versprochen, endlich das Schwimmbad warm zu machen, mit so einer Heizung, weil das war so kalt wie Eis! Das Wasser kam aus den Steinen, da lebten auch die Frösche drinne!

Was machte der Papa denn in Berlin? Mama hat gesagt, er will ein Buch schreiben, also für die Erwachsenen. Weil für die Kinder hat er ja schon ein Buch geschrieben, mit ihr zusammen, über die Fische. Er kannte ganz viele Fische, 46 verschiedene, und dann hat er die gemalt, und sie hat zu jedem Fisch was geschrieben, was ihr da so eingefallen ist, ob der eine Höhle hat, ob der die Seepferdchen essen will, ob der viel Kacka macht und so welche Dinge.

Victoria war müde, sie ist spät ins Bett gegangen, weil nach der Schule ist sie noch zum Mirko gefahren, mit Mirkos Papa. Aber nicht mit dem Auto, sondern mit so einem Zug, der unter der Erde fährt, in Tunneln, das war wie in einem Film! Das wusste sie vorher gar nicht, dass unter der Erde die Züge fahren.

Mirkos Papa war nett, der spielte Monopoly mit ihnen,

aber der hatte so verbrannte Arme, weil der kochen musste, das war sein Beruf – wie die Männer in Griechenland, die mit den Haaren in der Suppe. Mirkos Papa hatte ganz wenig Geld, und deshalb bezahlten die anderen Eltern die Schule für den Mirko, weil die Schule ist teuer, hat Mama gesagt.

Mirkos Papa hatte eine Mini-Wohnung, das war nur ein Zimmer, und deshalb durfte Mirko immer bei seinem Papa im Bett schlafen. Aber Mirko hatte keine Mama! Einmal hat sie gefragt: Wo ist deine Mama? Und dann hat der Mirko geweint. Sie hat dann seine Haare gewuschelt, weil das mochte er, wie ein Hundi.

Der Mirko war ihr bester Freund, aber ihre Mama wollte nicht, dass sie beim Mirko spielte, die fand das nicht gut oder so, das hat sie gemerkt. Weil die Mama war die ganze Zeit in der Nähe, in so einem Geschäft, wo es die Wurst zu kaufen gab. Da waren Tische zum Essen, da konnte die Mama mit ihrem Computer arbeiten.

Mama hat gesagt: Die Frauen in dem Wurstgeschäft sind so rosa, die sehen aus wie Schweinchen. Mama hat gesagt, die töten Ferkel im Keller! Mama hat gesagt, das ist eine böse dicke Wurstfamilie, und die böse Mutter und die böse Tochter halten das Ferkel an den Ohren fest, und dann kommt der böse dicke Vater mit dem großen Messer. Mama hat die nachgemacht, mit komischem Deutsch, wie die auch reden in dem Restaurant mit der Grünen Soße: Gleisch biste dod, mei kleines Schweinsche! Gleisch biste Kottlett! Sie wollte kein Kottlett essen, das war eklig! Weil da war ja ein Knochen drinne!

Die Geschichte war auch doof, weil jetzt musste sie wieder an Sterben und so denken und dass dem Papa was passiert. Sie konnte sich erinnern, wie das war, als Mama und Papa sich getrennt haben, als der Papa in sein Haus gezogen ist, da war sie drei. Das war ihre erste Erinnerung, weil davor war gar nichts. Wenn die Mama ihr ein Foto zeigte, auf dem sie ein Krabbelbaby war, dann war das halt ein Bild, aber ohne so eine Geschichte in ihrem Kopf.

Mama hat gesagt: Dein Papa denkt immer an dich, dein Papa hat dich am allerliebsten, von allen Menschen auf der ganzen Welt. Und sie wollte ihn jetzt endlich wiederhaben, weil sie hatte Heimweh nach ihm. Sie hat schon manchmal die Gebete gehört, als Mama mit ihr in der großen Kirche war, weil Mama fand die Fenster da so schön. Sie fand es auch schön in der Kirche, weil da war es festlich, und da war so guter Rauch, und da konnte man singen, und der Priester hatte einen goldenen Umhang!

Sie schloss ihre Augen, sie ließ sich in ihr Kissen zurücksinken, und leise sagte sie: Bitte lieber Gott mach, dass mein schlechtes Gefühl weggeht, und ich will auch diese Kopfschmerzen nicht mehr haben. Bitte lieber Gott, hol den Papa nicht in den Himmel, weil dann muss ich so lange warten, mein ganzes Leben! Sie versuchte auch, die Sachen aus den Gebeten zu sagen, wenn die ihr noch einfielen, also sag nur ein Wort oder gib uns ein Brot oder ich bin nicht schuld oder dein Reich komme.

In Victors Traum hatten schon die letzten Visionen begonnen, die flirrenden Bilder an den Innenseiten der

Augenlider, und als er Victorias Stimme hörte, ihre kleinen Stiefelchen auf den Sprossen der Leiter, war er finster entschlossen, sich emporzureißen, mit aller verbliebenen Kraft, und wenn es ihn seine letzten Minuten kosten würde; um sich seiner lieben Tochter nicht in einem so erbärmlichen Zustand zu präsentieren.

Er schoss aus dem Schlaf empor, er rollte sich auf den Rücken, um sich trotz eingeschlafener Arme aufrichten zu können. Er krümmte sich gleich vornüber, da er befürchtete, sich übergeben zu müssen, wodurch der Thrombus einen Drall bekam, von einer Gefäßwand abprallte und durch die Mechanik seines Herzens hindurchsegelte, ohne hängenzubleiben – wie ein behänder Atlantiklachs durch die Turbinenschaufeln eines Wasserkraftwerkes –, um sich dann in den Tiefen seiner angegriffenen Beckenvenen zu verlieren.

ACHT

Victor starb dann erst 15 Jahre später, in seinem Haus in Falkenstein, nicht lange vor der dritten Wiederwahl der Regierung Osman, um 20 Uhr 36. Es war September, hinter dem Altkönig war noch die Sonne zu erahnen, und die vereinzelten Ahornbäume in den Taunuswäldern leuchteten scharlachrot, als stünden sie in Flammen.

Eine Stunde zuvor war er herangerauscht gekommen, auf samtenen Pfoten, in seinem alten Shere Khan, den er nicht nur als Signal der Nachhaltigkeit und Bescheidenheit immer noch fuhr, sondern da ihm dieser Kleinbürgertraum mit den Jahren doch irgendwie ans Herz gewachsen war. Zwei der Begleitfahrzeuge waren am Ortseingang zurückgefallen, um in der Nacht auf den Landstraßen der Umgebung zu patrouillieren, und das dritte war vor dem Tor seiner Einfahrt zum Stehen gekommen.

Die zwei Elitesoldaten darin, Veteranen geheimer Einsätze in Syrien und Afghanistan, in Xiong'an und Nordkalifornien, wickelten ihre Stärkungen aus dem Wachspapier, die aussahen wie Schnitzelbrötchen mit Grüner Soße vom Meier in Sachsenhausen – kulinarisch betrachtet ohne

Zweifel eine hervorragende Wahl, wenn auch aufgrund der akuten Triefgefahr nicht wirklich zum Verzehr in Fahrzeugen geeignet.

Victor lief in die Wohnhalle, entfachte ein Birkenfeuer, stieg hinauf in sein Schlafzimmer, duschte ausgiebig, zog sich einen Hausmantel an, der seinem Vater gehört hatte, und eine subtile Hektik in seinen Bewegungen legte nahe, dass er kaum erwarten konnte, sich eine schöne Flasche Wein aufzumachen. Er bestellte sich ein Flugzeug für den kommenden Morgen, eine German Aerospace SSX, auf die Luftwaffenbasis im nahen Schlangenbad.

Er packte sein Rollköfferchen, aber nicht für eine offizielle Reise, denn er packte keine Hemden ein, sondern seinen LSE-Kapuzenpulli, alte Khakis, ein paar blaue Retro-Adidas – in den Zeitungen würde zu lesen sein, dass Victor eine spontane Visite bei seiner Tochter geplant hatte, die an der Georgetown University in Washington Komparatistik studierte.

Beim Fahren im Walde hatte er ihr per iMind geschrieben, dass er ihr Kleider und Schuhe und Bücher und den schönsten Schreibtisch in Washington kaufen wolle, und sie hatte geantwortet, dass für sie ohnehin nur der E1 von Egon Eiermann in Frage komme, weil sie liebe *all things Eiermann*, seit sie vor kurzem auf einer Cocktailparty in der deutschen Botschaft gewesen sei.

Das sei ihr neues Lieblingsgebäude, und warum könne er nicht einfach Botschafter in Washington werden? Er arbeite zu viel, er habe doch eh das Sagen, er könne doch einfach nach Washington ziehen, die Adlaten allen Kram erledigen lassen und in einem schwerelosen Tempel über Jahre hinweg an seinen Memoiren arbeiten? Sie würde ihn auch nicht stören, sie würde einfach nur jedes zweite Wochenende bei ihm verbringen.

In der Küche hörte Victor die vierte Sinfonie von Beethoven, während er sich sein Abendessen bereitete. Er hackte ein Forellentatar, vermengte es mit geriebener Wasabiwurzel, formte es zu einem irregulären Oval, das an eine Skulptur von Hans Arp erinnerte, und platzierte es in einer Schale, die er in eine größere Schale bettete, die er zuvor mit zerstoßenem Eis gefüllt hatte.

Er drückte eine Mulde in das Oval, um es mit Kaviar zu krönen – jahrzehntelang hatte Victor ohne Zögern iranischen Beluga konsumiert, mit der bewährten Ist-ja-eh-schon-egal-Rechtfertigung, aber im vergangenen Jahr war er endgültig auf das heimische Produkt vom Taunusstör umgestiegen.

Er hatte Kartoffeln blanchiert und in Entenfett gebraten, die er nun um einen Tiegel Crème fraîche arrangierte, immer abwechselnd mit quer halbierten, wachsweichen Eiern, die in Ausbuchtungen einer eigens angefertigten Servierplatte ruhten – seine Haushälterin hatte ihm diesen Schritt vorgeschlagen, da ihm die Eier zuvor immer davongekullert waren und sie deren Spuren dann aus dem denkmalgeschützten Travertinboden hatte scheuern müssen.

Er zog den Korken aus einer Flasche Brauneberger Juffer Sonnenuhr und setzte alles in der Wohnhalle nieder, neben einem Sessel aus der Serie 620 von Dieter Rams, und die Flammen des Birkenfeuers im hohen Kamin spiegelten sich in den glänzenden Oberflächen der silbergrauen Kaviar-Globen.

Der Floatscreen war bereits generiert – Victor hatte offenbar vorgehabt, sich die zwölfte Verleihung der Kirschblütenkreuze anzusehen, die schon eine Stunde zuvor begonnen hatte, sodass sein Plan wohl gewesen war, sich die Festrede des Bundeskanzlers zu sparen und gleich bei den Dankesworten seiner jungen Gründer einzusteigen.

Die letzten Minuten in seinem Leben sind deshalb so exakt dokumentiert, da unzählige Objektive in seinem Haus und Garten einen endlosen Feed in die Wolken der Sicherheitsdienste hochspielten. Um 20 Uhr 33 näherte sich ein Jogger dem Mercedes der Soldaten, zog eine Makarow mit Schalldämpfer, schoss beiden durch ein offenes Fenster ohne Zögern in den Kopf, überwand das Tor und rannte die lange Einfahrt hinauf, im Schutze der Rosenbüsche.

Die katzenartige Körpersprache der zierlichen Figur ließ ihr weibliches Geschlecht erahnen. Sie trug einen schwarzen Jumpsuit von Jil Sander, signalrote Turnschuhe von Adidas by Yohji Yamamoto und eine weiße Sturmhaube aus Vicuña von Bottega Veneta, unter der eine brüchige Strähne aschfahlen Haares hervorschaute.

Seit Jahren herrschte Überbeschäftigung, das absolute Leistungsprinzip hatte die Bundesrepublik bis in den letzten Winkel penetriert, sodass die Deutschen zu beschäftigt gewesen waren, um das extremistische Rauschen ernst zu nehmen, das gewisse Foren zu prägen begonnen hatte. Ein liberales Manifest zirkulierte, in dem vom Joch des Kollektiven die Rede war, vom Psychoterror des Zwanges, an andere zu denken, und in das zur Auflockerung Zwischenüberschriften eingefügt waren, zum Beispiel die folgende: »Wir sind die Porsche Armee Fraktion, denn PAF! PAF! PAF! machen unsere seidenmatten SIG Sauer-Sturmgewehre.«

Solche betulichen Formulierungen ließen die Geheimdienste darauf schließen, dass man es bei den maßgeblichen Köpfen der Staatsfeinde mit klassischen deutschen Terroristenbiografien zu tun hatte, also mit gewissenhaften Kleinbürgerkindern aus schmalen Mittelhausscheiben in grünen Vorstädten, die an der Ungerechtigkeit verzweifelten, dass es ausgerechnet ihrer Generation verwehrt bleiben sollte, sich mit dem Bau einer individualisierten Superjacht ausdrücken und ihre Persönlichkeit darstellen zu können.

Als Victor das Splittern seiner Tür hörte, das leiernde Heulen rikoschettierender Querschläger, sah er sich instinktiv nach Waffen um, griff sich eine schwere Lalique-Eule und schleuderte sie mit aller Kraft in Richtung der heranstürmenden Angreiferin, die aber ausweichen konnte und zwei stahlummantelte Geschosse durch Victors Oberkörper feuerte – Blut, Organfetzen und Wirbelsplitter sprühten auf die Fensterwand hinter ihm, die sich dann auflöste, sodass in der Ferne das bleigraue Strahlen der Frankfurter Skyline zu sehen war.

Victor war in den Wäldern, während er starb, auf den uralten Reiterpfaden. Er wusste genau, in welche Bäume er seinen Namen geritzt hatte und wo er sich versteckt hatte, um zu weinen, nachdem seine Mama gestorben war. Er sah die rauchgeschwärzten Verschläge der Fischzucht im Römertal und den kleinen Tresen neben einem der Teiche, an dem er mit elf oder zwölf Jahren mit seinem Großvater seine ersten Pilsbiere getrunken hatte.

Und er sank hinab in einen schwarzgrünen Ozean. Vor Jahrmillionen waren amphibische Dinosaurier über diese Hügel geschwommen, Reptilien von der Größe einer A319, vom dumpfen Drang getrieben, einfach weiterzuexistieren, ohne auch nur einen einzigen komplexen Zusammenhang zu begreifen. Er konnte die Umrisse aller Gegenstände im dunklen Schlafzimmer seiner Eltern sehen, zwischen denen er als Bube oft wach gelegen und darauf gewartet hatte, dass einer der beiden im Schlaf eine schützende Hand auf ihn legen würde.

Er dachte an das Schließfach in Delaware, von dem er Victoria noch nicht erzählt hatte – wo hatte er noch mal die Anweisungen aufgeschrieben? Panik überkam ihn, die Erbschaftssteuer, das war ja kein Witz mehr mittlerweile. Er hatte alles auf die Rückseite eines Fotos geschrieben, im Album ihrer letzten Griechenlandreise, in das sie hoffentlich hineinschauen würde – liebste, liebste Victoria! Sie fehlte ihm so sehr.

Während sich ihr Vater gerade in nichts auflöste, fiel Victoria in Washington eine Leinenausgabe von *Moby-Dick* aus der Hand. Sie lag in der Bibliothek auf einer der Leseliegen, und als sie aufschreckte, sah sie durch die Fensterwand einen Mann vor dem Portal stehen, dessen Statur sie sofort an ihren Papa erinnerte. Er trug einen fadenscheinigen Mantel, er krümmte sich ein wenig, er schien Schmerzen in seiner Brust zu haben.

Sie sprang auf, sie klaubte ihr Zeug zusammen, sie lief ans Fenster, um ihm zu winken, und tatsächlich, sie konnte seine Adlernase sehen, seine schönen grauen Augen – aber nein, er war es nicht, er war nicht mehr da, er war nur ein letztes Mal gekommen, um ihr ein stummes Lebewohl zu sagen. Victoria begann zu schreien.

Zum Zeitpunkt seines Todes war Victor seit zwölf Jahren der Große Vorsitzende der German Investment Authority gewesen – der Deutschen »strategischer Schamane«, wie es die *Frankfurter Allgemeine* in ihrem Nachruf formulierte. Dabei hatte er das Tagesgeschäft seiner Thronfolgerin Julia überlassen, um sich voll auf das Recruiting zu fokussieren, da die brutale Konzentration von Talent sich als der entscheidende Wettbewerbsvorteil der monströsen Unternehmung erwiesen hatte.

Victor hatte einen Gipfelräuber geschaffen, den größten Akteur auf allen globalen Märkten mit einem Vermögen von heute über 50 Billionen Weltmark, im Zusammenwirken mit Bundeskanzler Ali Osman, dem »Kreuzberger

Kennedy«, wie ihn Caren Miosga getauft hatte, als Moderatorin der Elefantenrunde am Abend der Bundestagswahl im Jahr 2017, bei der sich die Deutschland AG aus dem Stand auf den zweiten Platz hinter einer niedergeschlagenen Union geschoben hatte.

An diesem Abend hatte Ali dann die Mehrheit der Deutschen für sich gewonnen, allen voran die nach ihrem Debakel seltsam amüsiert wirkende Kanzlerin, die sich auf die Frage Miosgas hin, ob sie den Herrn Osman denn sympathisch finde, zu folgendem Bekenntnis hatte hinreißen lassen: »Wenn mir der schon mit 19 im Zeltlager an der Ostsee begegnet wäre!«

Im politischen Berlin hatte das Wahlergebnis eine flächendeckende Traumatisierung ausgelöst, obwohl die Kommentatoren es im Nachhinein hatten kommen sehen – schließlich hätte die Führung der DAG es verstanden, sowohl die diffuse Wut auf die etablierten Parteien als auch die nostalgische Sehnsucht nach materieller Homogenität zu bedienen, nach einer Rückkehr zu den sozialen Strukturen aus den Glanzzeiten der industriellen Moderne.

Mit ihrer Rhetorik der radikalen Chancengerechtigkeit hatte die DAG dem linken Spektrum keine Luft zum Atmen gelassen, zumal Ali trotz seines fremdländischen Erscheinungsbildes dazu in der Lage gewesen war, durch das punktuelle Verbreiten einer provinziellen Biertrinker-Romantik der kulturellen Entwertungserfahrung der desillusionierten Arbeiterklasse entgegenzutreten.

Mit ihrem Fetisch für Leistung und dem Theaterdonner bei der Migration hatte die DAG zudem die Liberalen und die Playmobil-Nazis auf ihre jeweilige Kernklientel heruntergeprügelt, also einerseits Zahnärzte, Immobilienmakler, Apotheker, Tuner und Fitnessstudiobetreiber und andererseits Fremden-, Frauen-, Juden-, Araber-, Hipster-, Schwarzen-, Politiker-, Linken- und Journalistenhasser, was sich in beiden Fällen auf kaum mehr als drei Prozent der Wahlberechtigten summiert hatte.

Aber auch im Gehege der Union hatte die DAG gewildert und darin Wähler gewonnen, die den Gedanken einer dominanten Bundesrepublik attraktiv fanden und denen der erfolgreich integrierte, um nicht zu sagen angepasste Deutsch-Muselmane Ali Osman, dessen perfekte Manieren ja sogar die Kanzlerin zu schätzen schien, die Angst vor dem Untergang dessen genommen hatte, was auch immer sie unter dem Abendland verstanden.

Murrende Stimmen monierten zwar intern, dass Mutti den Türken erst salonfähig gemacht hatte, indem sie sich von ihm noch vor der Wahl auf einen German Döner hatte einladen lassen, mit Senf und sauren Gurken und Schabefleisch von reinrassigen Apfelschweinen aus der Schorfheide.

Doch es gab eine stille Mehrheit im Mittelbau der Partei, der die Fragmentierung der bürgerlichen Sphäre zu schaffen machte, die Erosion der nationalen Gipfellinie emotionaler Gemeinsamkeiten, und die eine durchlässige Gesellschaft, in der harte Arbeit sich auszahlte, weiterhin als konservatives Idealbild empfand.

Natürlich traf die Obergrenze für Vermögen auf massiven Widerstand, vor allem in der lobbynahen Bürokratie der Union im Süden der Bundesrepublik, aber darum ging es nicht, denn die einzige Alternative zu einer schwarzweißen Koalition waren Neuwahlen, bei denen sich das Kräfteverhältnis der beiden Parteien wohl umgekehrt hätte. Außerdem hatte die Kanzlerin für sich entschieden, nach einem besinnlichen Wochenende mit Karpfen und Aufguss in ihrer Datsche in der Uckermark, dass sie persönlich mit einer spontanen politischen Kehrtwende ohne weiteres würde leben können.

Natürlich würden Verletzungen zurückbleiben, aber dass in ihrem Umfeld Sicherheiten verloren gingen und Loyalität nicht belohnt wurde, war der Kanzlerin schon immer gleichgültig gewesen. Wie es ihre Art war, schuf sie Tatsachen – mit einem Satz, der einen paradigmatischen Wendepunkt in der deutschen Geschichte markieren sollte: In der Sendung von Anne Will mit den Ausfällen einer BMW-Erbin konfrontiert, deren Großonkel ein privates KZ betrieben hatte, schmunzelte die Mutti erst, und dann schnodderte sie: »Nu fangsema nich an zu heulen.«

Ein paar Monate nach dem Attentat brach 30 Seemeilen vor der Küste des Libanon zuerst das Luftzielsehrohr durch die schwarze Oberfläche, bevor der schlanke Turmaufbau und dann die Kapuze der Kommandantin von U-959 zum Vorschein kamen. Es war ein Schiff vom Typ 282A der German Shipyards, die strategische Zweitschlagwaffe unserer deutschen Marine. Reglos stand Kapitänleutnant Maia Stahl auf der offenen Brücke.

Die bevorstehende Mission hatte für sie eine ungewohnte emotionale Komponente, wie sie in ihrem Bestseller *Polarsonne* schreibt, da sie mit dem strategischen Schamanen vor langer Zeit eine kurze, nicht-exklusive Sexualbeziehung unterhalten hatte. Aber vor allem deshalb, da die Lektüre der Victor-Bibel sie dazu beseelt hatte, ihrer Heimat in der U-Boot-Waffe zu dienen, würde sie an diesem Tag nicht nur ihre Pflicht erfüllen, sondern ihrem verblichenen *fuck buddy* einen letzten, finsteren Liebesdienst erweisen.

Die Depesche mit der *kill order* ging ein, mit dem Code-Signet der Großen Vorsitzenden, und Maia beorderte ihre Besatzung auf die Gefechtsstationen. Sie rutschte die Leiter hinunter, das seidenmatte Titan glitt durch ihre Hände – sie liebte dieses prachtvolle Waffensystem, dessen Entwicklung nach dem Zerfall der NATO notwendig geworden war, um das Gleichgewicht des Schreckens zu garantieren.

Auch im Drohneneinsatz war die 282A mit 16 atomaren Interkontinentalraketen vom Typ »Walhalla« beladen – die duale Kapabilität war die Bedingung der Haushaltspolitiker gewesen, die Beschaffung von gleich einer ganzen Flotte dieser exorbitant teuren Schiffe zu genehmigen.

Ein gedrungenes Projektil schoss in den Abend empor, dessen Gehäuse sich dann absprengte, um die Vergeltungswaffe vom Typ »Kairem« freizugeben: eine bösartige Kevlar-Schnake, die sogleich auf Kurs Nordost davonsirrte, um den Luftraum über dem ehemaligen Syrien zu penetrieren, das sich zu einem losen Geflecht fluider *opportunity spaces* unternehmerischer Warlords liberalisiert hatte.

Im Babylon, dem Nachtclub der Stunde in der Altstadt von Damaskus, lief ein braver Dance-Classics-Soundtrack, wie auf einem FDP-Sommerfest in den Nullerjahren und wie er der Grauhaarigen gefiel, nach den Daten in der Wolke ihrer Tarnidentität zu urteilen – denn im Jahr ihrer Neutralisierung hatte sie sich allein 216-mal »I will survive« zu Gemüte geführt.

Sie wollte ihre Sorgen wegdancen, sie wollte nah an der Flamme fliegen, denn wenn die Damaszener Hautevolee eines könne, dann sei es feiern, hatte sie Stunden zuvor ihrer leidgeprüften Mutter geschrieben, die nach Jahrzehnten im Gymnasialdienst gerade das Angebot nutzte, in einer Akademie der GINA auf Teichrosen-Ikebana umzuschulen, da sie davon träumte, sich endlich ausdrücken und ihre Persönlichkeit darstellen zu können.

Es sei so herrlich, dieses freie Leben, ohne Geschenke für die Versager, hatte ihre Tochter geschrieben, und vor allem ohne die Hemmungen der sogenannten freiheitlichen Opposition in der besetzten Heimat, die nicht mit der Kompromisslosigkeit zur einzig würdigen Freiheit, nämlich der Vogelfreiheit ausgerüstet sei.

Sie tanzte auf einem Lautsprecher, sie rieb ihren Hintern an zwei identischen Arabern, die sich durch gepflegtes Brusthaar auszeichneten und denen beim nun folgenden Dreh die Rolle des Kollateralschadens zukommen würde. Es handelte sich um die Zwillingssöhne des Oberbefehlshabers der freien Verbände der irregulären Streitkräfte der Reste des syrischen Regimes, das sich mit einem vertikal integrierten Online-Organhandel finanzierte.

Die beiden entsprachen genau ihrem Beuteschema, wie es ein investigatives Team des *Spiegel* rekonstruieren sollte: Prinzlinge der globalen Outlaw-Elite, einerseits mit Gewalterfahrung, andererseits mit Einfühlungsvermögen, vor allem aber mit einem *commitment* zur tabulosen Grenzüberschreitung – denn sie konnte es nicht ertragen, so das Blatt, wenn die Jungs sich beim Dreier nicht auch gegenseitig anfassten und den ganzen geilen Vibe so mit einer überholten normativen Biederkeit infizierten.

Als die Söhnchen begannen, ihr simultan die Ohrmuscheln zu züngeln, packte sie die beiden an den goldenen Gürtelschnallen, um sie hinaus ins Mondlicht zu ziehen, in das Gewusel der Grünen Zone, hinüber zum Bretterverschlag des Zeitungsverkäufers, um sich noch schnell die arabische *Vogue* mitzunehmen.

Wie ein Windstoß aus dem Hades flog die Schnake über die südlichen Villenvororte, über das Mausoleum des Saladin, in dem Kaiser Wilhelm den Mohammedanern die ewige Freundschaft geschworen hatte, über das Amazon-Logistikzentrum neben den Entnahmekliniken und weiter über das Zielgebiet im christlichen Sektor der Altstadt, deren Arkaden aus Hufeisenbögen Maia am Monitor an die Villa von Yves Saint Laurent in Tanger erinnerten.

Und dann war die Bombe in der Luft, eine intelligente Antipersonenwaffe in Form und Größe einer Kinder-Überraschung, jedoch mit papierdünnen Edelstahlfinnen. Mit einer Kamera in ihrer Nase, die im Fallen einen reizvollen Zoom-Effekt und im Zusammenwirken mit den Objektiven im Rumpfe der Schnake die interessante perspektivische Tiefe des Hinrichtungsvideos generierte, das bis heute in der Mediathek der GINA abrufbar ist.

Die Grauhaarige schob die Zwillinge durch die Menge, mit einer Hand in je einer Gesäßtasche der weißen Versace-Jeans, die deren Mama für die Buben gerade über Prime hatte liefern lassen. Wie die syrischen Eliten es vermocht hätten, sich ihren Hedonismus zu bewahren, den Kotau vor unnatürlichen Verhaltensmaßregeln zu vermeiden, sei voll *inspiring* für sie, schrie sie einem der beiden ins Ohr, das sie auf prädatorische Weise anstarrte, als wollte sie es abbeißen.

Ein dumpfer Knall war zu hören, und ein Klacks Gehirnmasse klatschte auf eine drei Tage alte Printausgabe der *Frankfurter Allgemeinen*. Der Syrer im Bretterverschlag seufzte, strich sich über den Bart und klackerte dann weiter mit seinen Gebetsperlen. Er hatte wohl schon ganz andere Dinge gesehen.

Thomas Melle
Sickster

Magnus ist ein desillusionierter Journalist. Er fühlt sich als Loser und hasst seine Arbeit für das Kundenblatt eines Ölkonzerns. Thorsten dagegen, Manager und Macho, leidet insgeheim am Hochglanzleben voller Erfolgsdruck und Alphatierneurosen. Er betäubt sich mit Alkohol, schnellem Sex und Abstürzen in den Clubs der Stadt. Noch aus Schulzeiten miteinander bekannt, freunden sich die beiden zögerlich an. Aber als Magnus sich zu Thorstens Freundin Laura hingezogen fühlt, bröckeln die Fassaden. Die schmerzhafte Suche nach irgendeiner Form von Wahrhaftigkeit beginnt: eine Suche im Rausch, in Schmerz und Wahn – und in der eigenen Seele …

336 Seiten

«Ein Buch unserer Zeit: smart, übersteuert und extrem.»
Neon

Matthias Nawrat
Unternehmer

Zwischen Utzenfeld und Schönau, der Ravenna-Schlucht und der Ruinenstadt Staufen sind sie unterwegs – der Vater, die 13-jährige Lipa und der einarmige Berti, ihr kleiner Bruder –, unterwegs zu den verlassenen Fabriken der ehemals boomenden Region. Sie suchen nach Magnetspulenherzen, rattrigen, summenden, um sie bei dem Mann mit den Öllappenhänden in Klimpergold zu verwandeln. Doch die Nachfrage sinkt, und so wagen die drei Unternehmer einen besonders gefährlichen Beutezug mit ungewissem Ausgang.

Auf der Longlist für den Deutschen Buchpreis 2014.

144 Seiten

«Dieser Roman beeindruckt von der ersten Zeile an.»
Deutschlandradio Kultur

www.klett-cotta.de

Jörg-Uwe Albig
Zornfried

Roman
160 Seiten, gebunden mit Schutzumschlag
ISBN 978-3-608-96425-7
€ 20,- (D) / € 20,60 (A)

Auch als @book

»Albigs brillanter Roman sagt uns: Gebt Aufmerksamkeit, wem Aufmerksamkeit gebührt.« *Ulrich Gutmair, taz*

Jan Brock ist freier Reporter und schreibt für das Feuilleton der Frankfurter Nachrichten. Er sieht sich als Rebellen, kennt aber im Grunde nur ein Prinzip: Was es gibt, darüber muss man schreiben. Im Internet stößt er auf die schwülstigen Texte des rechten Dichters Storm Linné, die ihn gleichzeitig abstoßen und faszinieren. Als er erfährt, dass Linné mit anderen Vordenkern der Neuen Rechten auf einem tief im Wald verborgenen Rittergut names Zornfried lebt, macht er sich auf zu einer Reportagereise.

Klett-Cotta

www.tropen.de

Philippe Lançon
Der Fetzen

Roman
Aus dem Französischen von
Nicola Denis
552 Seiten, gebunden mit
Schutzumschlag
ISBN 978-3-608-50423-1
€ 25,- (D) / € 25,80 (A)

Auch als
@book

»Wie Philippe Lançon es schafft, erzählend gegen den Tod anzutreten und in der minutiösen Rekonstruktion Augenblick für Augenblick am Leben zu bleiben, das ist Literatur.« *Julia Encke, Frankfurter Allgemeine Sonntagszeitung*

»Ich war einer von ihnen, aber ich war nicht tot.« Der Terroranschlag auf Charlie Hebdo hat das Leben von Philippe Lançon unumkehrbar in zwei Hälften gespalten. In eindringlicher Prosa arbeitet Lançon das Erlebte auf und sucht seinen Weg zurück in ein Leben, das keine Normalität mehr kennt.

Tropen

Das für dieses Buch verwendete Papier ist FSC®-zertifiziert.